KB089722

어쩌면 내가 가장 듣고 싶었던 말

괜찮은 척,
아무렇지 않은
척했던
순간에도

어쩌면 내가 가장 듣고 싶었던 말

정희재 지음

갤리온
GALLEON

네가 스며들자 나는 번져 갔다

1.

까마귀 한 마리가 내 창문 밖 나뭇가지로 날아들었다

(중략)

이것은 그저 까마귀일 뿐

아무 곳에도 결코 아귀가 맞지 않는 삶

아무것도 말할 만한 것이 없는 새일 뿐이다

잠시 가지에 머물렀다가

날렵하게 아름다운 몸짓을 지으며 날아갔다

내 인생 밖으로

_레이먼드 카버, '나의 까마귀' 중에서

맞다. 삶은 종종 아무 곳에도 아귀가 맞지 않는다. 더불어 나라는 사람은 아무것도 말할 만한 것이 없는 한 마리 새일지도 모르겠다. 이 시를 읽을 때마다 소설가 레이먼드 카버의 분투했던 일생이 생각난다. 아울러 과묵했다고 알려진 그의 성품도. 하지만 시적인 은유를 살짝 내려놓고 산문의 눈으로 보면 인생에선 종종 아귀가 맞는 일도 일어난다. 예를 들면 내가 열대의 나라에서 새 장수를 만난 일이 그렇다.

숙소와 시장 사이에 난 골목들을 둘러볼 때였다. 새를 한 마리씩만 넣어 놓은 새장이 골목 벽을 따라 촘촘히 걸려 있는 걸 봤다. 열대 나라 새들의 깃털은 유난히 화려했다. 주홍색과 파란색이 어우러지고, 초록색과 노란색이 곁들여진 깃털들. 발랄하고 명랑한 그 깃털은 새의 자부심이면서 붙잡혀 갇힐 수밖에 없는 이유이기도 했다. 그 모순된 아름다움에 홀려 새장과 새장 사이를 느리게 오갔다.

얼마나 지났을까. 새 장수가 다가왔다.

"새에게 당신의 걱정이나 고민을 다 말해요. 그런 다음 풀어 주면 새가 모두 가지고 날아갑니다."

그제야 왜 새장에 새가 한 마리씩만 들어있는지 알 것 같았다.

그게 그 고장 사람들의 믿음이었을까?

아니면 여행자를 상대로 개발한 세련된 방생 상품이었을까?

주인의 얼굴은 온화했지만 표정은 진지했다. 나는 이야기에 약했다. 새장과 그 안의 새에게는 뿌리치기 힘든 이야기가 깃들어 있었다. 게다가 꽤 오랜 시간을 서성이던 터라 그냥 돌아서자니 미안했다. 가까운 곳의 새장 하나를 가리켰다. 옅은 하늘색 바탕에 정수리 부근에 한줌의 노란 털이 삐죽 나온 새였다. 새는 한 손에 쥐면 파묻힐 만큼 앙증맞아서 그 앞에서 뭔가를 고백한다는 게 부당한 일처럼 느껴졌다.

내가 있던 곳은 평원 지대였다. 그 동네에서 가장 높은 곳으로 가고 싶었다. 새장을 들고 버스를 탔다. 시야가 닿는 먼 곳에, 마치 공중 부양한 것처럼 사원의 탑이 솟아올라 빛나고 있었다. 버스에서 내려 오르막길을 한참 걸은 끝에 수백 개의 계단을 또 올라야 했다.

마침내 사원의 뒤쪽 숲에서 새와 마주한 순간, 발아래 펼쳐진 풍경이 너무 낯설고 다정해서 한동안 멍하게 앉아 있었다. 얼마 뒤 새 장수에게 얻어 온 모이를 새장 안으로 뿌려 줬다. 이리저리 흔들리느라 멀미가 났을 텐데, 그 작고 깜찍한 생명은 천진하게 모이를 쪼아 먹었다.

그리고 스스로 민망하고 부당하다고 여겼던 일을 하고야 말았다.

새의 둥글고 새까만 눈을 바라보며 이야기를 시작한 거다.

2.

나는 그 조그맣고 가냘픈 새에게 살면서 닥쳤던 크고 작은 일들을 털어 놓았다. 행운과 기쁨도 있었고, 심장이 조각나 부서지는 것 같은 아픔도 있었다. 뭔가를 얻었을 땐 기꺼웠고, 잃었을 땐 괴로웠다. 이런 요약이 인간의 나약함을 강조하는 것임을 알지만 진실의 일부이기도 했다. 드물게 겸허하고 솔직해지는 순간에, 절대적인 존재 앞에서나 해야 할 이야기들인지도 몰랐다. 하지만 누가 알까. 그때 그 영롱한 깃털의 새에게 신이 잠시 깃들어 있었을지. 세상을 오래 떠돌다 보면 이런 생각도 자연스럽게 하게 된다.

인생의 여명기에는 부지런히 죄를 짓고, 그 힘으로 살아왔다고…… 지금 비록 소리도 냄새도 없는 정적 속에 갇힌 것 같다 해도 그동안 저지른 소동에 비하면 무척 관대한 처분임을 안다고 속삭였다. 그래도 아프다, 고 고백했다. 새는 횃대에서 새장 바닥으로 깡총 뛰어내리더니 갸웃거리듯 고개를 살짝 기울였다. 마치 인간의 삶에서 얻는 감정들이 얼마나 오래 이어지리라 믿느냐고 묻듯이.

그날 새에게 들려준 이야기는 뒤집어 보면 내가 누군가에게 가장 듣고 싶은 말이기도 했다. 사람은 하고 싶은 말을 다 못 하고 살 듯, 듣고 싶은 말을 다 듣고 살지도 못한다. 당연한 일이다. 당연하다고 해서 슬픔이 없을까.

네가 스며들자 나는 번져 갔다.

그날 새에게 털어놓은 이야기는, 언젠가 써 두고 차마 이어가지 못했던 뒷이야기를 완성하는 일이었는지도 모르겠다. 절망하는 일에도 오래 집중력을 발휘하지 못하는 게 그 즈음의 나였다. 그러나 인생이 주는 쓰라림과 환멸은 엄청난 집중력으로 생활에 따라붙는다고 믿었다.

시간이 꽤 흐른 뒤, 새장 문을 열었다.

붉게 물든 솜뭉치 같은 서쪽 하늘을 바라보고도 한참을 새장 안에 머물던 작은 새.

그 새가 날아가기를, 가서 이해 못 할 언어들을 숲에 풀어놓기를 기다리는 한편, 할 수만 있다면 오래 옆에 두고도 싶었다. 새들이 마구 비밀을 누설하는 생의 목격자처럼 다가온 것도 그때부터였지 싶다. 그날 이후, 어디에서건 새가 울면 누군가의 비밀을 엿듣는 것만 같았다. 더 이상 새들은, 아무것도 말할 만한 것이 없다고 했던 레이먼드 카버의 그 새가 아니었다.

3.

흐르고 변해 가는 삶 속에서 우리가 간절히 찾아 헤매는 모든 것은 시간 너머 영원한 고요 속에, 그리고 언어 너머에 있다는 걸 안다. 하지만 나는 이 구절을 기억한다.

"태초에 말씀이 있었다."

그 기록에 따르면 언어로 탄생한 우리가 '말'에 기댈 수밖에 없는 건 어쩔 수 없는 일이 아닐까 싶다. '너 자체로 사랑한다'는 다정한 말, '애썼다, 수고했다'는 어루만짐의 말에 갈증을 느끼는 건 당연한 일이 아닐까. 귀에 스며들어 나를 삶 쪽으로, 빛 쪽으로 이끌던 말들은 단순하고 소박했다. 복잡하거나 어렵지 않았다.

"밥 먹었어?"

"어디야? 보고 싶어……."

"너 때문에 꿈을 꾸게 됐어. 반짝반짝 살아 있다는 걸 느껴."

"살다가 힘들 때, 자존감이 무너지고 누구도 그 무엇도 믿지 못할 것 같을 때 기억해. 온 마음을 다해 널 아끼는 사람이 있다는 걸."

뜨겁고 아린 삶의 등을 가만가만 쓸어 주던 말들.

인정한다. 살아오는 동안 나는 이미 듣고 싶었던 말을 분에 넘치도록 들었음을. 내게 스며들었던 숱한 아름다운 말들. 그 말을 들을 수 있어서 태어난 것이 아깝지 않던 말들. 딱히 내가 아니라도, 젊거나 나이 들거나, 건강하거나 병들거나, 모든 이들이 한결같이 듣고 싶은 말. 이 책에 담은 건 그 편린들로 맞춘 인생이라는 퍼즐이 아닐까 생각한다.

이 책은 『도시에서 살며 사랑하며 배우며』의 개정판이다. 몇몇 글은 덜어 냈고, 짧은 글 몇 개를 더했다. 개정판의 제목이 『어쩌면 내가 가장 듣고 싶었던 말』이 된 데는 열대의 새와 그날의 고백이 어느 정도 영향을 미쳤을 것이다. 그날 새와 나 사이에 있었던 일에 대해 누구에게 말한 적도, 글로 쓴 적도 없었다. 지금처럼 아귀가 맞는 계기가 없었던 건지도 모르겠다. 이 책이 누군가에게, 마음 한 자락 실어 날려 보내는 새의 역할을 해 준다면 더할 수 없는 보람이겠다.

이 책이 출간된 뒤, 표지가 너덜너덜해지고 책의 낱장이 뜯어지도록 읽어 줬던 분들에게 깊은 감사의 인사를 드린다. 간혹 독서의 흔적이 선명한 사진을 볼 때면, 새삼 글을 써서 흔적을 남기는 일이 얼마나 두렵고 어려운 일인지 아득해지곤 했다. 그렇다고 해서 더 나은 인간이 되거나 진일보한 글을 쓰는 건 여전히 어리석고 느린 나로선 까마득한 일이다. 다만, 이제는 스스로를 조금 더 믿고 허공 속으로 발을 내밀어 보겠다고, '용기'라는 말을 감당해 보겠다고 다짐해 본다.

내가 가장 듣고 싶은 말, 그리고 당신에게 들려주고 싶은 말. 그 말의 일부는 구판 서문의 마지막 부분으로 대신할까 한다.

당신, 참 애썼다.

끝내 버티지 못할 것 같은 예감에 새벽잠을 설친 순간을 기어이 이겨 내며 우린 참 치열하게 달려왔고, 달려가고 있다. 목적지를 아는 사람도 있고, 하루하루 마음 다치지 않고 지나가기만을 바라는 이도 있으리라.

나는 이제 안다. 견딜 수 없는 것을 견뎌야 하고 받아들일 수 없는 것들에 지쳐, 당신에게 눈물 차오르는 밤이 있음을. 나는 또 감히 안다. 당신이 무엇을 꿈꾸었고, 무엇을 잃어 왔는지를. 당신의 흔들리는 그림자에 내 그림자가 겹쳐졌기에 절로 헤아려졌다. 입에서 단내가 나도록 뛰어갔지만 끝내 가버리던 버스처럼 늘 한 발짝 차이로 우리를 비껴가던 희망들. 그래도 다시 그 희망을 좇으며 우리 그렇게 살았다.

당신 이마에 손을 얹는다. 당신, 참 열심히 살았다.

내 이마에도 손을 얹어다오.

한 사람이 자신의 지문을 다른 이의 이마에 새기며 위로하는 그 순간, 중요하지 않은 것들은 모두 떨어져 나가고, 거품처럼 들끓는 욕망에 휘둘리느라 제대로 누려 보지 못한 침묵이 우리를 품어 주리라.

당신, 참 애썼다.

사느라, 살아 내느라, 여기까지 오느라 애썼다.

부디 당신의 가장 행복한 시절이 아직 오지 않았기를 두 손 모아 빈다.

차례

- 2장 -

엄마, 아버지도 사는 게 무섭던 때가 있었단다

3장

난 네가 약한 모습을 보일 때도 참 좋더라

어쩌면 내가 가장 듣고 싶었던 말

1장

왜 당신은 늘 괜찮다고 말하나요?

✳

왜 당신은

늘 괜찮다고
말하나요?

늦은 밤 버스 안에서 있었던 일이다. 베이지 색 바바리를 입은 남자는 꽤나 취해 있었다. 뺨은 고구마처럼 벌겋게 달아올라 있고, 입에서는 술 냄새가 났다. 남자는 버스 손잡이를 잡은 한쪽 팔에 몸을 지탱한 채 예의 바르게 바닥을 향해 수십 번 절을 하는 것도 모자라 아예 오체투지라도 올릴 듯 심하게 출렁였다. 버스는 이미 만원, 술기운을 가라앉힐 만한 빈 좌석이 있을 리 없었다. 용케 자릴 잡고 앉아 있던 내가 보다 못해 몸을 일으키려는데, 한 발 앞서 앞자리의 나이 지긋한 아저씨가 일어섰다.

"젊은이, 힘들어 보이는데 여기 앉아요. 어서."

그때였다. 세상이 부끄러운 듯 혹은 스스로가 견딜 수 없는 듯 눈을 질끈 감고 있던 남자가 기적처럼 눈을 떴다. 경이로운 반전이었다. 남자는 짧은 순간, 온몸의 남은 힘을 끌어 모아 몸을 바로잡더니 말했다.

"아닙니다, 어르신. 전 괜찮아요. 정말 괜찮아요. 앉으세요."

마치 멀쩡한 자신을 누군가 모함이라도 하는 것처럼 억울함이 묻어 있는 목소리였다. 자리를 양보하려던 아저씨는 몇 번이나 남자를 설득하다가 결국 무르춤해져 다시 주저앉았다.

나이 많은 어른에게 자리를 양보받는 것이 미안했을까. 하지만 괜찮다는 호언에도 불구하고, 다시 눈을 감고 손잡이에 매달린 남자는 위태롭게 대롱거렸다. 급정거라도 하면 어느 모서리에든 찍혀 다칠 것 같았다. 이번에는 내가 일어섰다.

"저기요…… 여기 앉으세요."

남자를 배려해 주변의 주의를 끌지 않도록 작고 조심스럽게 말을 건넸다. 하지만 이번에도 남자는 비상벨 소리를 들은 병사처럼 번쩍 눈을 떴다. 그리고는 몸을 곧추세운 다음 나를 바라봤다. 자리에서 일어나서 보니 나보다 겨우 한 뼘 정도 더 큰, 남자치고는 작고 왜소한 체구였다.

"전 괜찮아요. 정말 괜찮다니까요. 앉으세요."

남자는 손까지 휘저어 가며 똑같은 말을 되풀이했다. 어쩔 수 없이 다시 자리에 앉을 수밖에 없었다. 남자의 호언과는 달리 그 뒤에도 비슷한 풍경이 되풀이됐다. 손잡이를 잡은 어깨에 얼굴을 파묻었다가, 깊은 한숨을 토해 내며 힘들어하다가, 버스의 출렁거림에 따라 이리저리 흔들렸다가……. 주위에 서 있는 다른 사람들은 약속이라도 한 듯 아무도 말이 없었고, 누구 하나 그를 부축하지도 않았다. 모르는 사람 일에 선뜻 나서기도 어렵거니와 남자가 두 번이나 호의를 정중하게 거절하는 걸 본 이상 어쩔 수 없는 일이기도 했다. 남자는 술에 취해서도 예의 바른 젊은이가 아니라 부당한 실존에 항거하는 외로운 병사 같았다.

저 남자는 참 외롭게 살겠구나, 싶었다.

외롭고 꼿꼿하게, 바람에 나부끼는 깃발처럼 세상을 걸어가자면 힘들겠구나.

저 남자는 술 마시고 남들 앞에서 눈물을 흘려 본 적이 있을까.

하기 싫은 일을 싫다고 정면에서 거부해 본 적이 있을까.

자제의 윤리가 깊숙이 내면화된 남자를 지켜보는 일은 더 이상 호기심 차원이 아니었다. 저 남자를 쓰러지지 않게 만드는, 타인의 연민을 단호하게 거부하게 하는 실체는 무엇일까. 몸이 감당 못 할 만큼 술에 취해서도 끝끝내 버릴 수 없는 비장미 넘치는 태도는 어디에서 비롯된 것일까. 저 남자는 괜찮다, 괜찮다, 버틸 수 있을 때까지 버티다가 어느 순간 허물어질 수밖에 없을 때, 과연 어떤 방식으로 견뎌 낼까.

문득 오래전의 기억이 떠올랐다. 은행잎이 금화처럼 찬란하게 떨어지던 가을날이었다. 나는 한 남자와 길을 걷고 있었다. 하늘은 지상에서 최대한 멀어져 푸르게 빛났고, 바람이 쾌적하게 감겨드는 오후였다. 우리 사이에는 특별한 친화력이 막 생기려 하고 있었다. 서로의 운명에 대해 무심했던 세월을 지나, 관찰자가 아니라 참여자로 가까이 다가서는 순간만큼 맹렬한 호기심이 발동되는 때가 있을까. 알게 된 지 일년 남짓 됐지만, 그 즈음에 이르러서야 상대가 마치 우주선에서 방금 내려온 생물체처럼 낯설고 눈부시게 보였다.

아, 여기 이런 사람이 있었구나.

한 사람의 존재가 마음속에서 폭발력을 발휘하며 각인되는 순간, 세상은 한없이 낯설면서 신비로워진다. 은행잎은 융단을 깔아 주듯 우리 앞으로 몸을 날리고 있었다. 그때 그가 자신을 위해선 수고롭지만 나를 위해 생각해 낸 게 분명한 무은 일인가를 제안했다. 그런데 나는 반사적으로 이렇게 답하고 말았다.

"괜찮아요. 됐어요."

말투는 부드러워도 단호함이 느껴질 수도 있는 표정을 지은 채. 그는 내 얼굴을 5초쯤 바라보더니 가볍게 한숨을 내쉬었다.

"넌 '됐다'는 말을 자주 쓰더라. 상대의 호의를 잘 받아들이는 연습을 해 봐. 잘 받는 사람이 잘 줄 수도 있는 거야."

그제야 나의 거절이 그의 기쁨을 훼손했다는 걸 깨달았다. 그것도 꽤 자주. 상대를 위한 배려라고 생각했으나 그건 표면적인 명분일 뿐, 실상은 자존심을 지키고 싶은 나 자신에 대한 배려가 더 우선은 아니었을까. 자립심을 발휘해 내 일을 스스로 처리하고 싶어 했으나 마음 깊숙한 곳에서는 타인의 힘을 빌리는 달콤함을 맛본 뒤 의존적이 되지 않을까 두려웠던 것은 아닐까. 그것은 스스로 잘났다고 생각하는 사람들이 가지는 고질병 가운데 하나였다. 아니, 스스로 제 앞가림을 해야 했던 운명의 소유자가 가지게 마련인 방어 심리였을지도.

'내가 그렇게 약해 보여요? 혼자서도 잘 해낼 수 있어요.'

혹시나 거절당할까 봐 한 발 앞서서 거절하는 꼴이었다. 그가 콕 집어서 말해 주지 않았다면 내 마음에 겹겹이 껴입은 갑옷을 더 늦게 알아차렸을지도 모르겠다. 그날 이후로 누군가가 내게 호의를 베풀 때 반사적으로 그 호의를 물리치지 않는 연습을 했다. 우선 '됐다'는 말을 줄이고, 최소한 10초쯤은 집중력을 발휘해 그 도움이 진정 내게 필요한지 살펴보려 했다.

물론 한 번에 나아질 리 없었다. 수년 간 익숙해진 마음의 패턴이 나도 모르게 튀어나오는 순간이 얼마나 많았던지. 오랜 동안 마음에 새겨진 일정한 패턴은 문신처럼 지우기 어렵다. 때로는 교묘하게 자신을 속이기도 한다. 한동안은 '됐다'는 말이 풍기는 거절감이 마음에 걸려 '괜찮아요'라는 정중하게 사양하는 말로 대체하기도 했으니까. 잘 받고 잘 주면 되는 것을, 그 간단한 순리를 익히는 일이 왜 그리 어려웠던지. 그래도 다행인 것은 100퍼센트 실시간은 아닐지라도 차츰 무의식의 출동을 알아차리게 됐다는 거다.

그날 밤 버스 안에서 만난 남자는 팽팽하게 당겨진 활시위에 몸을 얹고 살아가지 않으면 세상이 자신을 만만하게 볼 것이라고 생각했을지도 모르겠다. 여러 번의 시행착오 끝에 강한 자가 살아남는 것이 아니라, 살아남는 자가 강하다고 믿게 됐는지도. 세상에는 그런 믿음을 강화시키기에 충분한 잔혹

한 사례들이 얼마나 일상적으로 일어나는가. 안심하고 감사히 호의를 받아들였더니 결국 자신을 이용하기 위한 의도였음을 알게 된다거나, 진심에서 우러난 도움인 줄 알았는데 나중에 그 일로 뒷말을 듣게 된다거나.

남자는 살아남으려면 어떤 일이 일어나도 상처받지 않을 만큼 믿음의 면적을 줄여야겠다고 다짐했는지도 모른다. 그래서 살아남은 자신을 자책했던 독일의 극작가 브레히트처럼 스스로가 미워져 누구의 호의도 받아들일 수 없게 된 건지도.

독하게 아랫입술을 깨무는 개인, 개인들이 모여 인구 천만을 넘기는 이 거대 도시의 밤을 버스는 쾌속 질주했고, 그 밤 남자는 끝내 넘어지지 않고 버티다가 어느 정거장에선가 내렸다.

어쩌면 그 남자가 바로 지난날의 나일지도 모른다고 생각하자 문득 마음이 서늘해졌다.

✳

어쩌면 내가
엄마에게

가장 하고
싶었던 말

살면서 지금까지 몇 상자의 택배를 받았을까. 얼마나 많은 상자를 풀어서 그 안에서 노란 백열등처럼 빛나는 음식들을 꺼냈을까. 헤아릴 수 없다. 헤아릴 수 없는 양이기에 지금의 내가 살아 있고, 나를 살려 왔기에 그 상자들은 고스란히 내 영혼의 위안과 부채가 되어 남았다.

오래전 어느 겨울, 선배네 자취방에 놀러 갔을 때였다. 유난히 사람이 많이 따르는 선배라 그날도 몇 명의 후배들이 그 집에 삼삼오오 모여 있었다. 전날 밤 내린 폭설로 차도 사람의 통행도 원활하지 않은데 하필이면 그날 시골에서 선배의 어머니께서 올라오셨다. 머리에 하얗게 눈 모자를 쓴 채 집안으로 들어선 어머니는 자그마한 키에 선량해 보이는 커다란 눈망울을 지닌 모습이셨다. 그때 어머니 연세가 쉰일곱쯤 되셨나 보다.

어머니는 결방살이 같은 도시 생활을 하는 자식 집에 온다고 김치며, 급하게 시루에 찐 떡이며, 밑반찬을 싼 보퉁이를 바리바리 싸들고 오셨다. 지금처럼 택배 서비스를 활발하게 이용하기 전이라 누구든 시골에서 도시로 올라가는 형제만 있으면 뭐든 싸 보내는 형편인데, 당신께서 직접 오시니 오죽했겠는가. 선배네 형제들 모두가 고향 집을 떠나 도시에서 학교를 다니고 있었는데, 그중 누구라도 집에 갔다 오면 나머지 형제들 몫까지 무거운 짐을 들고 날라야 했다.

"서울에 가져오면 다 귀한 게 되지만 가져올 때는 얼마나 무겁고 힘들던지, 정말 징글징글하게 들고 다녔다."

선배네 형제들의 한결같은 증언이다. 쌀과 김치, 고추장, 된장에 때로는 감자나 고구마 같은 구황작물에 이르기까지 꽤 무게가 나가는 것들이다 보니 손에 굳은살이 박일 만도 했다. 고향을 떠나 타지에 정착한 수많은 사람들이 그렇듯, 택배 서비스가 등장했을 때 선배네 부모님과 형제들도 두 손 두 발 다 들며 환호한 소비자일 터였다.

웅성웅성 모여 있던 후배들은 칼바람과 눈길을 헤치고 온 어머니께 앞다퉈 인사를 드렸다. "오냐, 오냐." 자애롭게 인사를 받으시던 어머니의 시선이 문득 내게 멈추더니 고개를 갸우뚱거리셨다.

"야는 못 보던 애네?"

"내 후배야."

"아, 그래."

선배의 한마디로 모든 것이 설명되었다. 그리고 빛보다 빠른 속도로 나는 어머니께 받아들여졌다. 그 집을 드나드는 수많은 선배네 친구들과 후배들처럼 나도 어머니의 자식이 된 것이다. 어머니는 그런 분이셨다.

"내 새끼들. 어여 밥해 먹자."

이른 아침 기차를 타고 오느라 고단하실 텐데도, 어머니는 어느새 이고 지고 온 보퉁이를 풀러 밥을 짓기 시작했다. 김치를 꺼내 썰고, 국을 끓이고, 생선을 구워서 금세 푸짐한 밥상이 차려졌다. 어머니의 밥상에는 늘 식구보다 많은 사람들이 둘러앉아 먹기 일쑤였는데, 나는 그날 처음으로 어머니의 밥상 한 귀퉁이에 끼게 된 거였다. 그렇게 어머니를 만났다. 그리고 그로부터 얼마 지나지 않아 그분을 '엄마'라고 부르게 됐다.

엄마…….

아홉 살에 엄마를 잃은 뒤 유독 그 발음에 굳어 있던 내 혀는 '시골 엄마'를 만나 아주 느린 속도로 풀리기 시작했다. 멋쩍어 얼마 동안 '어머니'와 '엄마'를 번갈아 가며 썼고, '엄마'라고 부른 뒤에는 누가 뒷덜미를 끌어당기는 것처럼 깜짝깜짝 놀라곤 했다. 그러다 어느 날 무슨 얘기 끝에 어머니께서 "○○가 사립문을 들어서면서 큰소리로 '엄마!' 하고 부르는데 이뻐 죽겄드라" 하셨다. ○○란 선배의 또 다른 후배였다. 아, 어머니 눈에는 그런 모습도 예뻐 보이는구나. 숫기 없고 소심한 나는 그제야 용기를 얻었던 것 같다.

지금도 시골집 마당에 들어서서 "엄마아~!" 하고 부를 때마다 그 음절들이 내 입과 성대를 울려 나오는 걸 듣노라면 뭐라 형용할 수 없는 기분이 되곤 한다. 내게 엄마라고 부를 수 있는 존재가 있다는 것, '엄마'라는 단어에 너무도 합당하며 존경할 만한 분이 있단 사실에 얼마나 자주 놀라는지. 엄마와 인연을 맺은 뒤부터 엄마와 나 사이에 택배 회사가 들어섰다. 중간에 엄마가 아주 바쁘거나 내가 미처 떨어졌다는 말을 못 해 몇 번 사 먹은 걸 빼면 그때부터 쌀이며 김치와 장류를 거의 사 먹지 않게 됐다.

세월이 흐를수록 엄마는 포장의 달인이 돼 갔다. 어떻게 하면 김치 국물을 흘리지 않고 무사히 도착할 수 있게 하는지에 통달했고, 쌀과 김치 사이에 콩이나 현미를 넣는다거나, 미숫가루를 비롯한 각종 가루들을 넣어서 상자를 빈틈없이 채우는 비법도 터득했다. 엄마의 부엌 수납장에는 늘 크고 작은 비닐 팩이 구비돼 있어 누가 어떤 것을 요구하더라도 포장해 줄 만반의 태세가 돼 있었다.

봄부터 가을까지 엄마가 곰실곰실 길러 수확한 먹을거리들이 끊임없이 상자에 담겨 도시로 올라왔다. 그 많은 짐들을 싸면서 엄마가 유일하게 애로사항을 털어놓은 게 있다면 시골에선 종이 상자를 확보하기가 어렵다는 정도였다. 그러면 우리는 이제 택배는 그만 보내라고 말리기는커녕 튼튼한 상자를 모아 두었다가 가져다 드리곤 했다.

시골 엄마들 사이에선 자식들에게 보내는 품목도 유행을 탄다. 어느 순간 엄마는 웬만한 것은 다 가루를 내어 보내기 시작했다. 멸치를 가루 내고, 마른 표고버섯을 가루 내고, 콩, 도라지, 마, 청국장을 가루로 만들었다. 어느 집에선가 '시래기를 삶아서 된장에 버무렸다가 한 끼니 분량씩 포장해 보내면 냉동실에 넣어 두고 요긴하게 먹는다더라'라는 소리가 들리면 온 동네에 시래기 삶는 냄새가 퍼졌다.

봄에 엄마는 매실을 주워 매실 엑기스를 만들었고, 아버지는 고로쇠 물을 사다가 올려 보냈다. 그러면 우리는 보일러를 한껏 틀어 뜨끈하게 만들어 놓고, 고추장에 북어를 찢어 먹으며 고로쇠 한 통을 다 마셨다. 여름에 엄마는 오디를 따서 잼을 만들었다. 그 중간중간 감자를 캐고, 멸치를 볶고, 콩자반을 만들고, 파김치를 담갔다. 가을에는 고구마를 캐고, 감을 따고, 은행을 줍고, 가을걷이를 해야 했다. 겨울에는 찹쌀 풀을 쒀서 김에 발라 부각을 만들고, 설날에는 엄마들끼리 서로 품앗이를 해 한과를 만들었다. 그렇게 해서 부족한 인력과 체력을 메웠다.

이 모든 것들이 도시로, 도시로 공물처럼 바쳐졌다. 엄마가 해마다 관절염으로 고생하는 것을 보면서 '올해는 농사를 줄이시라'고 말해 보지만, 자식들은 안다. 시골에서 올라오는 그 택배 상자들 덕분에 모두들 세상에서 밀려나지 않고 이만큼이나 살아오고 있음을. 시장에서 모든 것을 해결해야 했다면 살림살이는 아주 더디게, 그리고 각박하게 풀려 갔으리라는 것을.

엄마가 보내 준 음식 가운데 가장 압권은 주전자에 담아 보낸 동지 팥죽이었다. 내가 팥죽 좋아하는 걸 알고 자식들이 차를 가지고 내려간 길에 끓여서 보낸 것이었다. 팥죽뿐이랴. 찹쌀과 팥을 넣어서 끓인 호박죽도 올라왔다. 그 역시 내가 호박죽이라면 사족을 못 쓰기 때문이다. 동네에 잔치가 있으면 반드시 여분의 떡을 챙겨 냉동실에 얼려 두었다가 보내곤 했다. 이제는 예전만큼 즐기지 않건만 엄마는 아직도 내가 떡이라면 자다가도 벌떡 일어나는 '떡보'라고 굳게 믿고 있다. 하지만 그 오랜 세월 동안 내가 엄마의 식성을 기억했다가 뭔가를 장만해서 보낸 적은 한 번도 없었다. 나는 엄마가 보낸 것들을 먹어치우느라 사시사철 너무너무 바빴기 때문이다. 생각해 보니 기가 막힌 일방통행이다.

엄마와 통화할 때 늘 빠지지 않는 질문이 있다.

"쌀 있나?"

아직 있다고 답하면, 이어지는 두 번째 질문.

"김치는? 된장, 고추장은?"

"다 있어요."

"깨는? 참기름은? 양념 떨어지면 손님 온다는 말이 있느니라. 늘 미리미리 준비해 놓아야제."

냉장고 속을 들여다보듯 하나하나 잔량을 확인하고는 후렴처럼 덧붙이는 말씀도 정해져 있다.

"엄마, 아부지가 이런 거나 주지 뭘 해 주겠냐. 쌀 걱정은 말고 열심히 살거라."

나는 안다. 엄마가 표현하는 '이런 거나'의 무게를. 과연 세상에서 밀려나지 않고 버틸 수 있을지 불안한 청춘의 날을 통과하는 동안, 왜 사회생활을 집벌이나 옷벌이라 하지 않고 밥벌이라고 부르는지 알게 된 터였다. 밥벌이의 무게만큼이나 엄마의 상자들은 태산의 무게로 나를 이 지상에 붙들어 주었다. 결코 넉넉한 살림살이어서 보내는 것이 아님을 알기에 때때로 상자를 받으면 아득한 현기증이 몰려왔다. 소 사료 값이 올라 걱정하는 것을 봐 왔고, 아버지가 소나 돼지를 기를 즈음이면 영락없이 값이 폭락하는 것도 목격했다. 연말이면 농협에 진 빚 때문에 다른 데서 또 빚을 내야 하는 형편도 차츰 알게 된 터였다. 그러면서도 자식들이 이끌고 오는 인연까지도 한결같이 챙기고 퍼 주고 또 퍼 주는 것이었다.

나는 이 가족을 지켜봄으로써 젊은 시절 내내 우리 사회의 뿌리 깊은 가족 이데올로기와 가부장적 질서를 비판하던 내 시각에 균형을 잡을 수 있었다. 그것은 따뜻한 균형이었고,

행운에 속하는 경험임에 틀림없었다.

한 번 두 번 택배를 받으면서 상자를 풀 때 꼭 지켜야 할 불문율도 자연스럽게 배웠다. 시골의 아버지는 무엇인가를 묶었던 끈은 칼이나 가위로 싹둑 자르지 말고, 시간과 노력을 들이더라도 손으로 풀라고 이르셨다. 그것은 아버지가 세상과 삶을 대하는 자세에 다름 아니었으며, 매사에 정성을 들이라는 산 가르침이기도 했다. 그래서 선배네 형제들은 택배가 도착하면 우선 매듭 앞에 쭈그리고 앉아 끈을 본래 모습 그대로 풀어내기 위해 애를 썼다.

그런데 힘든 농사로 단련된 엄마의 아귀힘이 얼마나 센지 때때로 끈 풀기가 여간 어려운 게 아니었다. 천으로 묶은 끈은 이리저리 흔들고 살살 달래면 어떻게든 풀리지만, 나일론 줄은 요지부동일 때가 더러 있었다. 그럴 때면 아버지의 가르침을 살짝 건너뛰어 칼로 가차 없이 끊는 요령을 피우기도 했는데, 부작용이 만만치 않았다. 두고두고 마음 한 켠이 꺼림칙하고 불편해지는 것이다. 살다가 뜻하지 않는 오해를 사거나 일이 꼬여서 잘 풀리지 않을 때면 '혹시 그때 잘라 버린 끈 때문인가' 싶기도 했다.

결국 인생은 인내심과 정성을 얼마나 쏟느냐의 문제임을

아버지는 말없이 가르쳐 주고 싶었던 건지도 모르겠다. 그런 가르침이 녹아 있는 '끈 풀기 신공' 덕분인지 선배네 형제들은 여간해선 제 편에서 먼저 사람을 내치거나 일을 중간에서 그만두는 법이 없었다. 쉬운 길로 가고자 요령을 피워 일을 그르치거나 신뢰를 저버리는 일도 보지 못했다.

내 손으로 번 돈으로 처음 시골의 어른들께 용돈을 드린 기억이 아직도 선명하다. 늘 어른들께 받기만 하다가 처음으로 주는 입장이 돼 보는 젊은이들이 그렇듯 나도 그런 일에 꽤나 서툴렀다. 쑥스러운 나머지 직접 드리지 못하고 책장의 책들 틈에 살며시 봉투를 끼워 놓고 왔더랬다. 그러고는 서울에 도착해서야 봉투의 행방을 알려드렸다. 한참 지나 시골에 갔더니 엄마는 "우리 딸이 준 돈 허투루 안 쓰려고 그릇을 샀다"고 했다. 더 요긴하게 쓸 일도 많았을 텐데 서푼어치 되는 그 돈을 기념하고 싶어서 이미 있는 그릇들을 뒤로 물리고 새 그릇을 산 것이었다. 그날 엄마는 새로 산 그릇들에 음식을 담아 상을 차렸다. 옷을 사 드리면 이웃집에 마실 나갈 때 꼭 그 옷을 입었고, 책이 나왔다고 드리면 시간이 걸리더라도 더듬더듬 그 책들을 다 읽었다. 엄마는 그런 분이었다.

엄마를 생각하면 잊히지 않는 장면이 하나 있다. 어느 해

늦여름, 시골에 며칠 내려가 있을 때의 일이다. 하필 내 생일이 그 무렵에 끼어 있어서 아침에 엄마가 미역국을 끓이고 나물을 무치고 생선을 구워 생일상을 차려 주었다. 낮에는 읍내 속옷 가게에 데려가서 속옷도 사 주셨다.

그날 저녁, 동네 어느 집에서 잔치가 있었다. 엄마는 잔칫집에 가시고, 나는 텔레비전을 보면서 한가로운 저녁 시간을 보냈다. 사람이 살이 오르는 시간이 있다면 바로 그런 순간이 아닐는지. 나는 한껏 늘어져 고요한 평화의 시간을 누렸다. 얼마나 지났을까. 뉴스가 끝나 갈 즈음 마당에서 인기척이 들렸다. 문을 열어 보니 맹렬한 풀벌레 소리를 뚫고 엄마가 흔들흔들 위태로운 걸음새로 마당을 들어서고 계셨다. 잔칫집에서 막걸리 몇 잔을 드셨던가 보다. 엄마는 술 좋아하는 자식들을 위해 수없이 많은 술상을 차렸지만, 정작 당신은 술을 즐기지 않았다. 그런 엄마가 무슨 일일까 걱정이 되어 마당으로 내려섰을 때였다. 엄마가 비틀비틀 다가와 나무껍질처럼 꺼칠한 손바닥으로 내 두 볼을 감싸더니 꺽, 꺽 우시는 게 아닌가.

"늬 엄마가 살아 있었으면 더 잘해 줬을 텐데, 불쌍한 우리 딸……."

나는 너무 놀라서 입술이 딱 붙어 버렸다. 이제껏 엄마가 그토록 정직하게 감정을 드러낸 적은 한 번도 없었다. 그때가 처음이자 마지막이었다. 엄마는 한참을 울다가 겨우 진정을 하고는 자리에 누워 곤히 잠드셨다. 늘 우람한 나무처럼 커다란 존재감으로 다가오던 엄마가 그날은 작은 소녀처럼 느껴졌다.

방을 나와 마당에 서서 어둠 속에 서 있는 감나무를 한참 쳐다봤다. 산에서 내려온 숲 향기가 마을 아래 숨소리 내는 모든 것을 감싸 안은 밤이었다. 그때 내 마음을 찌르고 지나가던 어떤 것이 아직도 엄마와 나를, 그리고 세상을 연결해 주고 있다고 생각한다.

'말라 가는 수레바퀴 자국에 고인 물속의 붕어는 침으로 서로의 몸을 적신다'라고 말한 이가 장자였던가. 내 비늘이 잠깐이나마 빛나는 순간이 있다면 그건 엄마의 몸에서 나온 물기 덕분일 것이다. 나는 누구의 꿈을 위해 물기를 더하고 있을까. 엄마가 보낸 택배 상자들을 풀 때마다 그 여름밤 엄마가 흘린 눈물이 생각나곤 한다. 그러면 그때 미처 못 한 말이 가슴에 고인다.

'우리 엄마가 살아 있었어도 이렇게는 못했을 거예요.'

조용필의 '허공'을 좋아하는 엄마, 일일 드라마와 '가요무대'를 꼭 챙겨 보는 엄마, 이사를 하면 꼭 새집에 들러 잠깐이라도 둘러보는 엄마, 다른 형제들을 통해 짐을 보낼 때면 내 몫의 포장지 겉면에 '작은 딸' 때로는 '자근 딸'이라고 쓰는 엄마.

그 엄마가 보내 준 상자들을 인도 길거리의 소처럼 먹어 치우며 나는 살아남았다.

이별하고 나서야 알게 되는 것들

그날 아침 A와 내가 왜 그처럼 이른 시간에 그곳까지 찾아갔는지 지금도 기억나지 않는다. 우리는 서울 시내에서 꽤나 이름난 삼계탕 집 앞에 서 있었다. 둘이 밤새 술잔을 기울인 끝에 맞은 아침이었는지, 이례적으로 아침 일찍 약속을 잡은 것인지 일의 선후 관계는 여전히 안개 속에 묻혀 있다. 어쨌든 정신을 차려 보니 우리는 상가 1층을 온통 차지하다시피 규모가 큰 삼계탕 집 주차장에서 늦가을 아침의 매서운 바람에 떨고 있었다. 추위에 민감한 편이라 다른 것은 다 잊어도 그날 아침이 꽤나 추웠다는 것만은 또렷이 기억한다.

난감하게도 가게는 아직 문을 열기 전이었다. 가게 유리창 너머로 종업원들이 분주하게 주방과 홀을 오가며 영업 준비를 하는 모습이 보였다. 영업이 시작되려면 아직도 30분을 더 기다려야 했다. 할 수 없이 우리는 유리창을 두드려 사람을 불렀다. 그리고 영업시간이 될 때까지 안에서 기다릴 수 없겠느냐고 물었다(사실은 추위 때문에 간청했다).

우리는 휑한 식당의 홀 탁자를 하나 차지하고 마주 앉아서 손을 비비며 추위를 털어 내려 애썼다. 그 식당에 가자고 한 이는 A였다. A와 나는 오랫동안 소식을 주고받지 못하다가 그 즈음 어렵사리 만난 터였다. A에게 물었다.

"여길 왜 오자고 한 거야?"

그 순간 A의 표정과 대답을 잊지 못한다.

"널 꼭 한 번 이 집에 데려와서 삼계탕을 먹이고 싶었어."

"왜?"

"내가 먹어 본 삼계탕 중에 가장 맛있었거든."

춥고 배고파 보이는 두 명의 때 이른 손님이 안돼 보였는지 곧 삼계탕 두 그릇이 나왔다. 맑게 우러나온 국물 속에 가부좌를 틀고 앉아 있는 자그마한 닭 한 마리를 본 순간, 뭐라 말할 수 없는 감회가 일었다. 초복, 중복, 말복이 다 가도록 삼계탕 한 번 먹지 않고 그해 여름을 지났던 터였다. 하다못해 마트에서 반조리된 삼계탕을 사서 끓여 먹지도 않았다.

그해 여름은 그랬다. 큰 병을 앓고 있던 지인과 연락이 끊겼고, 얼마 지나지 않아 그이의 번호를 누르면 주인이 없다는 메시지가 흘러나왔다. 그 사실이 암시하는 바를 확인하는 것이 두려워 다른 번호로 연락할 엄두를 내지 못했다. 언제나 힘든 일이 생기면 진실이나 사실을 감당하기 힘들어 허둥대는 나는 영원히 자라지 않는 어린아이 같았다.

그리고 그해 여름, 나는 사랑을 잃었다. 뜻하지 않게 사랑을 잃은 사람은 환자가 자신의 병을 받아들이는 다섯 단계의 심리 과정을 똑같이 겪는다. 부정-분노-흥정-우울-수용. 이 단계를 지나는 사이에 초복, 중복, 말복이 지나갔다. 밖에선 하얗게 달아오른 햇살에 아스팔트가 끈적해졌고, 가슴에선 심열이 솟구쳐 안팎으로 열기가 가득했다. 이리 봐도 뜨겁고 저리 봐도 아득했던 시간이 지나고, 찬바람이 부는 아침 나는 삼계탕이 담긴 뚝배기 하나를 마주하고 있는 거였다. 숟가락을 들어 뽀얗게 우러난 국물을 한 모금 들이키자, 지난여름 내게서 빠져나간 모든 것들이 더 선명하게 보였다. 언젠가는 외면하고 싶었던 것들을 정면으로 마주 봐야 하는 시점이 오리라 생각했지만, 그때가 낯선 동네의 삼계탕 집 뚝배기를 들여다보는 순간일 줄이야.

그랬다. 그건 한 끼니의 식사가 아니라, 내 마음속에 가둬 두고 괴롭히던 것들을 풀어 주는 의식 같은 것이었다. 나보다 먼저 그 집 삼계탕을 맛보고 언젠가 한 번 나를 데려와 먹여야겠다고 생각한 사람이 맞은편에 앉아 있어서, 내 고단한 여름은 치유받을 수 있었다.

우리에겐 누구나 사랑받고 싶은 마음이 있다. 이런 마음이 일어나는 자체는 탓할 일도, 억지로 가라앉힐 일도 아니고 그저 자연스러운 욕망일 뿐이다. 다만 사랑받고 싶은 마음이 일어날 때 '아, 내 마음이 이렇구나' 하고 알아채는 일이 중요할 뿐이다. 알아채는 순간, 욕망의 온도는 견딜 만하게 내려간다.

오래 전에 들은 스승의 말씀을 그 즈음 곱씹어 봤다.

"사랑받는 것을 내 삶의 중심으로 두면 힘들어집니다. 우리는 사랑하지 못하는 것을 두려워하는 게 아니라 사랑받지 못할까 봐 두려워합니다. 사랑받으려 할 때 문제가 생깁니다. 연인 사이에 흔히 '넌 내 거야' 하고 말하죠. 그러면 그 사람이 내 것이 되는 게 아니라, 내가 그 사람 것이 됩니다. 내 행복이 그 사람에게 달려 있기 때문이죠. 그 사람의 한마디, 몸짓 하나에 내 행복과 불행이 좌우되기에 내가 내 인생의 주인이 되지 못합니다. '내가 널 이렇게 좋아하고 사랑하는데, 너도 날 사랑해야 돼.' 이건 거래고 흥정이지 진정한 사랑은 아닙니다. 그래서 사랑받으려 하면 괴로움이 생겨날 뿐입니다. 반면 사랑하려 하면 충만이 옵니다. 내가 내 인생의 주인으로 바로 서기 때문이죠."

여느 해처럼 올해도 복날이 모두 지났다. 이글거리는 햇볕의 날들이 지나면 먼 바다에서 먹구름이 몰려와 며칠씩 비를 뿌려 열기를 식혔다. 변함없이 많은 것을 얻고, 또 잃었던 여름날이 서서히 절정을 지나 막바지를 향하고 있다.

시리아의 작가 라픽 샤미가 쓴 『1001개의 거짓말』에 이런 구절이 나온다. 시리아의 소도시인 모르가나를 소개하면서 서커스 단장이 한 말이다.

"모르가나는 아라비아의 진주 같은 곳이야. 아름다운 그 도시에서 하루를 보낸 사람은 나중에 천국에서 보낼 시간에서 하루가 빠진다는 말을 할아버지에게서 들은 적이 있어. 살아있는 동안 지상의 천국에서 하루를 보냈기 때문이라는 거야."

우리가 누군가를 만나 설레며 사랑에 빠졌던 날들은 천국의 시간일 것이다. 그 사랑이 좌절과 환멸, 허망함을 안겨 주었다 하더라도 천국의 시간이 주는 가치는 변하지 않는다. 자신을 투명하게 들여다보게 만드는 그 아찔하고 뼈아픈 각성의 순간조차 사랑이 아니라면 체험하기 힘든 소중한 기회이니까.

오직 사랑만이 이 세상에서 가장 힘센 카르마와 에고를 녹일 수 있다. 사랑은 정성이며, 절로 춤추게 하는 리듬, 영혼의 타악기를 울리는 손가락 끝마디이다.

종교를 가지거나 명상을 하고, 온 세계를 헤매고 다녀도 내려놓기 힘든 것이 인간의 에고이다. 그런데 사랑에 빠진 순간, 우린 광속보다 빠른 속도로 자신을 내려놓는다. 누군가를 자신보다 더 아끼고 사랑할 수 있게 되며, 세상을 향해 마음의 빗장을 모두 열어젖힌다. 사랑이 아니라면 일어날 수 없는 기적이다. 기적이 일어났던 순간, 우린 이미 천국을 맛본 것이나 다름없다.

나는 지금까지 천국에서 보낼 날들 가운데 얼마의 시간을 먼저 쓴 것일까.

부디 생의 마지막 순간에 이르러 이렇게 고백할 수 있기를 나는 바란다.

살아 있는 동안 힘껏 사랑하고 절망하면서 이 지상에서 이미 천국을 맛보았기에, 내 영혼이 어느 곳으로 가든 상관없다고. 미리 빌려 쓴 천국의 시간을 후회하지 않을 거라고.

한 가지 확실한 것은 A의 따뜻한 배려의 마음과 함께했던 그 식사 시간도 천국에서 미리 빌려 쓴 시간이었다는 것이다.

✳

쓸모 있는
인간이

된다는 것

"나는 모든 것이 완벽한 시간에 완벽한 방식으로 온다는 것을 믿는다."

그 만남이 내 생애 몇 번째 면접이었을까? 학교를 졸업한 뒤 처음이었던 것만은 분명하다. 직장 생활을 하다 또래들보다 2년 늦게 대학에 들어가, 1년의 휴학을 거쳐 졸업했으니 그해 봄 나는 어정쩡한 나이의 사회 초년생이었다. 때때로 가슴에서 정체를 알 수 없는 열기가 솟구쳤으나, 해질 녘이면 막 진흙 반죽에 손을 담근 도예가처럼 난감하고 외로웠다. 내 손에 와 닿는 진흙의 감촉이 너무 부드러워서 오히려 내가 빚어야 할 삶을 망쳐 버릴 것 같아 불안했던 시간.

그러던 어느 날, 잡지에 인터뷰 기사를 써 보지 않겠느냐는 제의를 받았다. 졸업하고 처음 들어온 일이었다. 인터뷰를 할 사람은 이름만 대면 누구나 알 만한 단체의 대표였다. 사진을 찍기로 한 최광호 선생님과 그날 처음 만나 인사를 나눈 뒤 약속 장소로 향했다. 유명 인사인 그분은 우리를 반갑게 맞아 주셨다. 그 잡지에서 수년 동안 사진을 찍은 최광호 선생님이 나를 대신해 그 인터뷰의 취지를 설명했다. 본격적인 인터뷰에 들어가기 전 이른바 '얼음 깨기'라고 부르는 대화 시간이 흘러가는 동안, 나는 녹음기를 꺼내고 수첩을 무릎 위에 펼쳐 놓은 채 질문할 기회를 엿봤다.

그분은 자신이 졸업한 학교와 그동안 사회에서 이룬 성취, 그리고 그 단체가 이룬 성과들을 들려줬다. 과연 대한민국에서 손꼽히는 단체를 성공적으로 이끌 만한 화려한 경력을 지닌 분이었다. 그러나 그 장황한 말들이 어떤 맥락에서 나오는 것인지 감이 잡히지 않았다. 더는 지체할 수 없다고 생각해 수첩을 바투 끌어당기며 막 입을 열려고 할 때였다. 갑자기 그분의 질문이 나를 향했다.

"그런데 희재 씨는 어떤 글들을 썼죠?"

나는 세상 물정 모르는 젊은이의 천진함을 담아 대학을 졸업한 지 얼마 되지 않았다고 답했다.

"그럼 이게 희재 씨의 첫 인터뷰인가요?"

내가 그렇다고 답하자 실내에 정적이 흘렀다. 그분은 자리에서 일어서더니 책장에서 지금까지 자신의 기사가 실린 잡지를 몇 권 꺼내 해당 페이지를 펼쳐 보였다. 모두 이 나라를 대표할 만한 매체들이었다. 기사가 난 페이지를 뒤적이는 그분의 손길이 친절함을 담고 있지 않다는 건 아무리 눈치 없는 나라고 해도 금방 알 수 있었다. 잠시 후 그분은 잡지를 탁, 소리 나게 덮으며 말했다.

"미안하지만 이 인터뷰는 할 수 없어요."

나보다 더 당황한 사람은 최광호 선생님이었다.

"경험은 없지만 잘하는 친구입니다. 한 번 기회를 줘 보시죠."

갑작스럽게 벌어진 상황인 데다가 나 때문에 일어난 일이기에 아무 말도 할 수 없었다. 그분의 마음은 끝내 돌아서지 않았다. 자리에서 일어나는 그분의 표정에는 신출내기 기자를 보낸 잡지사를 향한 불쾌함마저 서려 있었다. 더 얘기할 분위기가 아니었다. 이렇게 해서 나의 첫 사회 진입은 문턱을 넘기도 전에 좌절됐다.

"선생님, 죄송해요. 괜히 저 때문에……."

경험이 없는 나야 그렇다 쳐도 최광호 선생님은 그런 홀대를 받을 이유가 없었다. 일본과 미국에서 사진을 공부하고 돌아와 독특한 자신만의 세계를 가진 사진가로 이미 자리매김한 분이었으니까. 선생님은 애써 웃으며 내 어깨를 툭툭 두들기더니 광화문의 한 카페로 데려가 커피를 사 주었다. 그리고 지금까지도 잊히지 않는 질문을 던졌다.

"문학을 공부했다고 했죠? 앞으로 어떤 글을 쓰고 싶어요?"

선생님은 정말 궁금하다는 듯 몸을 약간 기울여 내 대답을 기다렸다. 나는 당시 내가 몰두하고 있던 문제들에 대해 말씀드렸다. 선생님은 따뜻하고 진지하게 한 젊은이의 말을 듣고 용기를 북돋워 주었다.

"꼭 쓸 수 있을 겁니다. 나는 믿어요."

그날 나는 처음 만난 두 사람에게 질문을 받았다. "그동안 어떤 글을 써 왔죠?"와 "앞으로 어떤 글을 쓰고 싶어요?"라는 질문을. 비슷한 단어들의 조합인데도 두 질문이 너무나 다른 에너지를 지니고 있다는 사실이 놀라웠다. 한쪽이 과거와 성취 중심이라면 다른 한쪽은 미래와 기대가 담겨 있었다. 사무실에서 퇴짜를 맞고 나와 바로 헤어지지 않고 나를 카페로 데려가 진심을 담아 물어 주었던 일은, 과연 인간에 대한 애정이 듬뿍 담긴 작업으로 유명한 최광호 선생님다운 배려였다.

그날 나는 최 선생님을 통해 인생에 중요한 갈림길이 될 만한 '결정적 순간'이 존재한다는 오해를 풀었다. 인생이란 어느 한 순간에 결정되는 것이 아니라 오랜 기다림이며, 가장 나다운 나와 만나는 먼 여정임을 이해했다. 면접만 해도 그렇다. 면접장에 앉기까지, 서류를 접수시킨 뒤 연락을 기다리고, 면접 날짜를 기다리고, 긴장한 대기자들과 함께 순서를 기다려야 한다. 설사 탈락하더라도 '완벽한 순간에 완벽한 방식'으로 다가올 기회를 기다릴 것. 새로운 것이 오는 데는 시간이 걸리는 법이니까. 최 선생님과의 만남이 준 선물 덕분에 그날의 일은 내 마음에 오래 그늘을 드리우지 않았다.

면접장. 그 장소만큼 우리가 간절히 뭔가를 얻기 위해 집중하는 곳이 있을까. 선택과 배제의 권력을 가진 면접관이 있는 그곳처럼 자신의 일생을 단숨에 요약해야 하는 순간이 있을까. 그 순간, 나는 어느 하늘 밑에나 있을 수 있으며, 내일은 내일 몫의 햇살이 비출 것이라고 믿기란 쉽지 않은 일이다. 허점투성이인 것 같은 나 자신을 사랑하기란 더더욱.

나에게서 받는 사랑이야말로 가장 크고 깊은 사랑이라는

걸 살면서 새록새록 느낀다. 누군가에게 꼭 필요한 사람이라고 인정받아야 '쓸모' 있는 인간이 되는 것이 아니라, 내가 꼭 필요한 존재라는 확신이 있어야 '잘 쓰이는' 삶을 살 수 있다. 그 확신은 자신을 믿고, 재능이 꽃필 시간을 기꺼이 기다려 주는 일부터 시작된다.

이제는 면접장에 들어설 기회가 드문 나이에 이르렀다. 하지만 꽃피는 나무와 마주서거나, 몸을 부풀렸다 사라지는 구름을 보거나, 누군가를 만나 한 끼의 식사를 나누거나, 버스나 지하철에서 서로 발을 좁혀 설 때 나는 좀 더 확장된 면접장에 들어선 것임을 안다. 일상의 면접관들이 무엇보다 보고 싶은 것은 스스로를 사랑하는 이의 환한 얼굴이 아닐까. 나에게 불친절한 순간과 마주칠 때마다 나는 면접관이 되어 묻는다.

"어떤 사람이 되고 싶은가? 어떤 삶을 살고 싶은가? 어떤 삶을 살고 싶었는가?"

※

일에 대한

지극히
소박한 진실

살다 보면 참으로 다양한 사람들과 만난다. 다른 나라에 가도 마찬가지다. 말레이시아 남쪽 해안 도시에서 만났던 어느 여행자는 세계 곳곳의 도시를 돌아다니며 2년씩 살아 보고 있다고 했다.

"지금까지 살아 본 곳 중에 어디가 가장 좋았어요?"

여행자에게 묻는 가장 일반적인 질문에 그는 주저 없이 대답했다.

"스리랑카의 콜롬보. 다시 살라면 거기를 택하겠어요."

왜 하필 콜롬보일까. 바다와 어우러진 열대 풍경이 빼어나서 '아시아의 진주'라는 별명을 지녔다는 스리랑카. 해질 녘의 바닷가, 맛있는 음식, 코끼리 고아원이 있을 정도로 코끼리와 친근하게 지내는 순박한 사람들. 얘기를 듣다 보니 그가 콜롬보에서 만난 사랑을 못 잊는 게 아닌가 살짝 의심스러웠지만 뭐 어떤가. 그런 이유로 그곳을 사랑하게 됐다면 멋진 일 아닌가. 자신이 진정으로 살아 있다는 걸 느끼는 시간과 장소는 이 지구상에 존재하는 사람 수만큼 다양하니까.

말레이시아에서 또 한 명의 청년을 알게 됐는데, 그는 쿠알라룸푸르 도심에 있는 게스트 하우스 매니저였다. 처음 어떻게 그곳에 이르게 됐는지는 기억이 안 난다. 거리를 걷다가 우연히 발견한 것인지, 다른 여행자에게 소개받은 것인지. 아마도 후자일 가능성이 클 게다. 하여튼 고시원 방만한 좁고 환기도 안 되는 숙소에서 이틀 밤을 잔 뒤 그곳을 발견한 나는 환호성을 질렀다. 불과 사흘 전에 문을 연 터라 모든 시설이 반짝반짝 자체 발광을 내뿜고 있었고, 개장 기념으로 숙박비도 할인해 주고 있었다.

알고 보니 그곳 사장님은 교포 사업가였다. 방에는 열쇠가 달린 개인 사물함이 있었고, 시트와 베개는 깨끗했고, 에어컨은 추울 정도로 시원하게 돌아갔다. 이런 곳을 여행자들이 놓칠 리 없었다. 아직 여행 가이드북에는 소개되지 않았을 텐데 어떻게 알고 왔는지 외국인 배낭객들이 적지 않게 드나들고 있었다. 접수대의 말레이시아 아가씨가 영국인으로 보이는 청년과 의사소통에 애를 먹자 어디선가 번개같이 한 사람이 뛰쳐나와 유창한 영어로 문제를 해결했다. 그 사람이 바로 B였다.

"한국인이세요?"

B가 물었다. 나는 반가운 마음에 얼른 고개를 끄덕였다. 어쩐 일인지 그때까지 말레이시아에서 한국인 배낭 여행자를 한 명도 못 만난 터였다. B도 오랜만에 한국인을 본다며 직접 방을 안내해 주고, 시설을 이용하는 법을 알려 줬다. 탁 트인 휴게실에는 대형 텔레비전이 설치돼 있고, 세탁실, 샤워 시설까지 깔끔하게 정비돼 있었다. 값싸고 질 좋은 숙소에 목말라 있는 배낭 여행자에게는 맞춤형 숙소였다. B는 안내를 하는 와중에도 허리춤에 공구 벨트를 차고, 한 손에는 드릴을 들고 있었다. 매니저가 아니라 기술자 같은 차림이었다. 여기저기서 그를 불러 댔기 때문에 B는 무척 바빴다.

낮에는 재래시장이며 사원을 둘러보느라 그럭저럭 바빴지만 밤에는 딱히 할 일이 없었다. B도 마찬가지 신세인 모양이었다. 휴게실에서 쉬고 있는 나를 보더니 맥주 한 잔 하지 않겠느냐고 물었다. 오, 듣던 중 반가운 소리. 나는 당장 소파를 떨치고 일어나 B와 함께 숙소를 나섰다. 그리하여 그 도시에서 오래 지낸 사람이 아니면 알기 힘든 야외 테라스가 있는 멋진 술집에 가게 되었다. 우리는 맥주와 감자튀김을 시켰다. 낮에 땀을 많이 흘린 터라 차갑게 냉장된 맥주 맛은 기가 막히게 좋았다.

"어떻게 여기 오게 된 거예요?" 내가 물었다.

"그게 참 파란만장해요." B가 답했다.

불빛 아래에서 B의 몸은 더욱 깡말라 보였고, 반달 같은 빛이 서린 눈은 사뭇 날카롭게 보이기까지 했다. 그렇게 해서 B의 얘기가 시작됐다. B는 지방에서 대학을 졸업할 무렵, 외국에 나가 경험을 쌓고 싶다는 생각에 온통 마음을 빼앗겼다고 한다. 딱히 어느 나라라고 정한 것도 없었다. 그저 밖에 나가고 싶었단다. B는 가난한 집의 장남이었다. 어쩌면 그런 현실이 막연히 바깥을 동경하게 된 요인은 아니었을까. 거짓말 안 보태고 백 군데쯤 이력서와 영문 소개서를 보냈다고 했다. 해외 지사를 가진 회사 가운데 이름을 알 만한 곳에는 거의 다 보낸 셈이었다. 그때까지 영어는 두세 마디면 밑천이 떨어지는 중학교 수준의 인사말밖에 몰랐다.

영문 소개서도 인터넷과 친구의 도움을 받아 겨우 작성한 것이었다. 그는 소개서에 썼다. 자신을 써 주기만 한다면 무슨 일이든 하겠다고. 자신이 가진 것은 그것이 전부라고. 수많은 취업 준비생들이 그런 약속을 하기에 변별력이 없는 다짐이었다. 게다가 서울도 아닌 지방, 그것도 인지도가 떨어지는 대학 출신에 해외 연수 경험도 없는 그를 선뜻 채용하겠다는 회사는 없었다. 그래도 끊임없이 서류를 보냈다. 거절당할수록 오기가 생겼다나. 그러다 어떻게 인연이 닿아 쿠알라룸푸르에서 새로운 사업을 구상 중이던 교포 사업가에게 이력서를 넣기에 이르렀다. 그는 말레이시아가 어디에 있는 나라인지도 몰랐다.

"사장님이 내 이력서를 보고 한번 와 보라고 했어요. 여긴 화교들이 경제권을 쥐고 있는데 이 틈에서 사업을 하자면 성실하고 믿을 만한 젊은이가 필요하다면서요. 그게 그때까지 이력서를 보내고 처음으로 받은 연락이었죠. 사장님 마음이 변할까 봐 며칠 만에 후다닥 짐을 싸서 왔어요."

그때부터 B의 고군분투가 시작됐다. 우선 영어를 익혀야 했다. 외국인을 쫓아다니며 무조건 묻고 발음을 유심히 들었다가 혼자 있을 때 크게 소리 내서 연습했다. 일부러 한국 사람과는 길게 대화하지 않았다. 미친 사람처럼 영어를 중얼중얼 외우고 다녔다. 그렇게 해서 몇 달이 지나자 서서히 귀가 트이기 시작했다. 들리니까 말도 더 자연스러워졌다. 여기까지는 어느 청년의 좌충우돌 영어 연수 경험담에 속할 법한 얘기였다. 그러나 그게 다는 아니었다.

"처음에 왔을 때는 막막했죠. 게스트 하우스를 열 계획이라는데 실제론 아무것도 준비된 게 없었거든요. 단지 건물만 임대 계약이 돼 있었고요. 내장재를 다 뜯어내 치우고 내부 공사를 새로 해야 했죠. 그걸 다 혼자 했어요. 그런 쪽 일을 해 본 경험이 없어 사람들에게 물어 가며 하나하나 말이에요. 저 시설에 박힌 못 하나도 다 내가 박은 거예요."

낮에 B가 허리에 두르고 있던 공구 벨트와 손에 들고 있던 드릴이 생각났다. 개장을 한 지금까지도 곳곳을 살피며 뒷마무리를 계속하고 있다고 했다.

"어느 날은 화장실 바닥을 밀대 걸레로 닦는데 손에 힘이 팍팍 들어가더라고요. 정말 미친 듯이 닦았어요. 구석구석 빈틈없이, 눈에서 불이 날 정도로. 걸레를 빨아서 물기를 짜고 다시 닦는 일에 온통 빠져 있었죠. 어찌나 그 일에 열중했는지 나중에는 눈물이 나더군요. 그거 알아요? 정말 뭔가에 정신을 쏟으면 눈물이 나는 거? 슬퍼서도 아니고 서러워서도 아니고 그냥 눈물이 나요. 화장실이 아니라 딴 세상에 있는 것처럼 가슴이 벅차오르더란 말이죠. 아, 그걸 뭐라고 표현해야 할지……. 내 안에 엄청난 힘이 숨어 있다는 걸 알았다고 할까요. 태어나서 처음으로 나한테 감동한 거였어요. 무슨 일이든 할 수 있을 것 같았어요. 무슨 일이든."

나는 B가 무엇을 말하는지 알 것 같았다. 그것은 몰입과 열정에 관한 이야기였다. 듣는 사람의 피까지 뜨겁게 만드는 열정. 사장님은 B를 몇 달 지켜보고 나서 새로운 제안을 했다. 게스트 하우스가 어느 정도 체계가 서면 말레이시아에서 휴양지로 이름난 도시에 레저 시설을 지을 생각인데, 그곳의 책임자로 가 달라는 것이었다. 레저 시설은 그 휴양지의 랜드마크가 될 만큼 최고의 규모와 시설로 지을 계획이라고 했다. 막연히 외국 경험을 쌓고 싶다는 생각에서 비행기를 탄 그는 생각지도 않게 호텔과 레저 시설 경영에 대한 수업을 밑바닥부터 받은 거였다. 그의 나이 채 서른이 되기도 전에.

우리는 맥주를 비운 뒤 그 도시의 명물인 쌍둥이 빌딩 앞 광장까지 걸어갔다. 주변에 설치된 트랙을 따라 외국인들이 후덥지근한 밤공기를 가르며 달리고 있었다. 나는 목이 꺾어져라 고개를 젖혀 쌍둥이 빌딩을 바라봤다. 그 오만하도록 아름다운 바벨탑은 은은한 조명을 받으며 우뚝 서서 이 지상에 속하기를 거부하는 것 같았다.

B는 잠과 식사를 모두 숙소에서 해결하므로 돈 쓸 일이 거의 없다고 했다. 그래서 비상금으로 조금만 남기고 나머지는 다 집으로 송금한다고. 그날 맥주를 마신 게 요 며칠 사이 유일한 지출이었다는 것이다. 다음날 저녁에는 사장님과 B, 그리고 나 셋이서 차이나타운의 식당에서 함께 식사를 했다. 사장님은 B를 가리키며 말했다.

"이 녀석을 만난 건 행운이에요."

나는 공감의 표시로 고개를 끄덕였다. 못 견디게 하고 싶다는 열망 빼고는 아무것도 준비돼 있지 않은 젊은이를 믿고 기회를 준 그였기에 충분히 누려도 좋을 인복이었다. 살면서 종종 B가 들려준 화장실 청소 얘기를 떠올리곤 한다. 그 얘기를 하는 동안 불꽃이 일렁이던 B의 눈동자도. 그날 나는 삶의 절정에 서 있는 젊은이를 본 것이었다. 생존의 불안이 주는 아찔한 현기증을 광기에 가까운 열정으로 다독인 한 젊은이의 초상을.

B의 얘기를 꺼낸 건 '주어진 여건에서 최선을 다하자'라거

나 '두드려라, 그리하면 열릴 것이다' 같은 틀에 박힌 말을 하고 싶어서가 아니다. 그런 쪽의 얘기라면 '나나 잘하자' 하고 다짐하는 나로선 섣불리 다른 이에게 그런 말을 건넬 입장도 못 된다.

나는 다만 한 사람이 뭔가에 몰두한 끝에 흘리는 눈물에 대해서, 그 맑고 투명한 힘에 대해서 얘기하고 싶을 뿐이다. 초라한 시작을 두려워하지 않고 눈물 나도록 힘이 솟게 하는 뭔가를 찾는 사람들에 대해서 생각하고 싶었을 뿐이다. B가 그 뒤 어떤 삶을 살고 있는지 나는 알지 못한다. 그가 소위 세상에서 말하는 성공한 삶에 이르렀는지도 알 수 없다. 그러나 내 마음속에는 그가 언젠가 삶의 어두운 공허와 절망의 시간을 맞이했을 때 그 시절의 기억에서 다시 일어설 힘과 위안을 얻을 것이라는 믿음이 있다. 이국의 도시에서 마주친 그의 모습을 생각할 때면, 치열해야 할 때 마음껏 치열해지는 것도 아름답다는 소박한 진실과 마주하게 된다. 쌍둥이 빌딩을 등지고 서서 마치 운명과 맞서듯 열정적으로 얘기하던 그의 모습이 지금도 잊히지 않는다.

※

사람 때문에

마음이 다칠 때

누구나 인생의 한 시절은 싸움닭처럼 격렬하게 세상과 맞서는 시기가 있다. 화살의 방향이 외부로 향하든, 내부로 향하든 상처를 받는다는 점에서는 똑같다. 상처받지 않고서야 약을 찾을 일도 없다.

정지용의 시 '향수'를 읽다가 '함부로 쏜 화살을 찾으러 풀섶 이슬에 함초롬 휘적시던 곳'이란 대목에서 가슴이 아렸던 적이 있다. 뜨거운 피가 전횡하던 옛 시절이 생각나면서 꽉 찬 회한의 그늘에 들어서듯 마음이 사무쳤다.

함부로 쏜 화살.

젊은 날의 치기를 비유하기에 이보다 더 적절한 말이 있을까. 그 화살은 타인을 향해서도 발사됐지만, 그보다 더 자주, 더 깊이 스스로의 가슴에 꽂히는 일이 많았다. 그 누구보다 나 자신을 받아들이기 힘들어 그림자마저 미워지던 시절이 내게도 있었다. 그 시절엔 자다가도 불에 덴 듯 놀라 일어나 냉수를 마시곤 했다.

그때는 불타는 세상의 화염에 화상을 입었다고 생각했지만, 나야말로 그 불꽃을 키우는 기름의 일부였음을 이제는 안다. 돌이켜 보니 당신이 옳았고, 내가 틀렸다는 말이 아니다. 내가 옳았고, 당신이 틀렸다는 말도 아니다. 애초부터 옳고 그름은 없었다. 그저 내 마음에 들고, 안 들고 하는 감정에 따라 혼자만의 법정에서 유죄, 무죄를 따졌던 것이다.

그렇다고 이제 나는 편안해졌다, 고 감히 말하진 못한다. 다만 이제는 내가 어떤 사람인지, 어떤 부분에 약하고 어떤 부분에 강한지, 무엇에 가슴 뛰고 무엇에 좌절하는지 조금 알게 되었을 뿐이다. 이해하게 됐을 뿐이다.

아무리 생각해도 내가 너무 옳아서, 나만 억울한 것 같아서 소화장애를 겪던 시절에 아는 분이 적어 준 네 글자가 있다.

'지불책우智不責愚'

지혜로운 사람은 어리석은 사람을 나무라지 않는다.

이 네 글자에는 들끓는 감정을 한 단계 아래로 끌어내려 급냉장시키는 탁월한 기운이 담겨 있다. 한동안은 이 기운에 의지해 내 안의 불길을 잠재워 갔다. 그 뒤 세월이 흘렀고, 내게도 겨자씨만한 지혜의 싹이 돋아났다. 이제는 안다. 진정 지혜로운 사람은, 지혜로운 사람이니 어리석은 사람이니 굳이 나누지 않는다는 것을. 그저 괴로운 사람, 괴롭지 않은 사람이 있을 뿐임을.

지난 2005년 교황 요한 바오로 2세가 선종하면서 남긴 말씀을 기억한다.

"나는 행복합니다. 당신도 행복하세요."

이 말에 담긴 깊고 고요한 에너지를 음미할 때마다 들끓던 마음이 잔잔해진다. 내 안에 평화롭고 따사로운 기운이 꽉 들어찬다. 평생을 신께 가까이 다가가고자 했던 교황은 생의 마지막에 이르러 이런 결론에 이르렀다.

나는 행복하다. 당신도 행복하시라.

전율이 인다.

그래, 당신도 그때 힘들었겠구나. 당신도 뭔가를 쟁취해 행복해지고 싶었구나. 같은 이유로 나도 힘들었구나. 그때의 당신 마음이 당신의 전부는 아니었건만, 내 마음대로 편집해 반복 상영했구나.

마음을 열자 바람을 탓하지 않는 나무처럼, 태양을 원망하지 않는 사막처럼 나는 둥글어진다. 둥글게 나를 껴안고, 당신을 껴안는다.

당신이 평화롭기를, 그리고 행복하기를.

그래, 그 밖에 또 무엇이 있을까. 그것이 궁극의 기도일진대.

그 밖의 것들은 밤사이에 옮겨 가는 모래언덕처럼 덧없고 덧없다.

✳

그들도
나처럼

서툴러서
그랬을 거야

거리에 차량이 뜸해졌다. 사람의 행렬도 줄었다. 어쩌다 선물 세트를 들고 어디론가 걸어가는 부부와 연인들이 보일 뿐, 도시는 모처럼 내부의 무게를 비우고 휴식에 들어간 것처럼 나른해 보인다. 골목에는 며칠 전 내린 눈이 먼지와 뒤엉켜 본래의 빛을 잃고 잿빛으로 뭉쳐 있다. 아침에는 뻐꾸기 소리를 들었다. 이 도시의 남은 숲 어느 귀퉁이에서 생사의 절박함을 이겨 내고 기특하게 돌아온 소리가 귀에 달다. 이 늦겨울엔 기척을 내는 모든 것들이 대견하다. 살아서 흐릿한 기척을 내는 모든 존재들이 아름답다.

오늘은 음력 설날이다. 사람들이 떠난 도시는 어딘지 모르게 낯설고 헐겁다. 도로는 평소에 그처럼 열망하던 빈틈을 아낌없이 내보인다. 사람들은 이동할 수 있는 모든 수단을 동원해 타향으로 떠났다. 그렇다. 이제는 타향이 돼 버린 고향으로 간 것이다. 일 년에 서너 차례 들를 뿐인 곳을 왜 굳이 고향이라고 할까. 연중 대부분의 시간을 보내는 곳을 왜 타향이라고 못 박는가. 이제는 솔직하게 친자를 인정하듯 내가 사는 곳을 우리들의 고향으로 본적에 올려야 하리라. 고향과 타향의 역전된 이 역설이야말로 우리가 어떻게 살고 있는지 알려주는 요약문 같다.

지하철역이 있는 번화가로 나온다. 평소보다 인파는 줄었지만 활기는 여전하다. 착각이었다. 도시는 멀쩡하게 잘 돌아가고 있다. 제과점, 약국, 찜질방, PC방도 문을 열었다. 특히 PC방은 명절이 대목이다. 담배 냄새와 게임 효과음으로 어지러운 그곳은 이 도시의 방주 노릇을 톡톡히 해낸다. 마트도 불을 환하게 밝히고 영업 중이다. 연중무휴라는 말이 얼마나 철인적인 욕망의 관철인지 실감한다. 연중무휴가 담고 있는 생존의 엄격함이 사람들이 떠나 헐렁해진 도시를 감당하고 있다. 아침부터 출근해 선물 세트와 과일 상자를 정리하는 사람들의 얼굴엔 체념이 어려 있다.

가장 놀라운 곳은 패스트푸드점이다. 설날인데 빈자리가 없다. 햄버거와 와플, 아이스크림과 커피를 주문해 먹고 마시는 사람들로 가득하다. 마치 도시에 재난이 일어나 이곳으로 대피한 사람들 같다. 10대들이 대부분일 것이라 생각했지만 아니다. 대한민국 표준 사이즈인 4인 가족이 앉아 있는 테이블도 적지 않다. 취학 전 아이부터 나이 지긋한 분들까지 패스트푸드점의 때 아닌 호황에 참여하고 있다.

그러고 보면 설날이란 다른 휴일과 별 다를 바 없는 것이다. 이들의 삶에 뭔가가 결락되어 있다고 주장한다면, 큰 결례를 저지르는 일이 아닐까. 늘어난 1인 가구와 이런저런 사정으로 고향에 가지 않는, 혹은 가지 못한 사람들에게 명절은 그저 휴일일 뿐이다. 어른들이 흥미롭게 보는 뉴스 시간이 어서 지나가길 고대하는 아이처럼, 도시에 남은 이들에게 명절은 그렇다.

나로 말할 것 같으면 아침에는 떡국을 먹고, 저녁에는 새우와 조개를 넣은 해물크림소스 스파게티를 먹었다. 달의 주기상 특별하고 의미 깊은 날, 한국과 이탈리아 요리는 일말의 난처함도 없이 어우러졌다. 이제 갈수록 진정한 고향 음식이 무엇인지 혼란스러워하는 세대가 세상을 채울 것이다. 텔레비전에서는 떠들썩한 예능 프로그램과 해묵은 영화가, 라디오에서는 진행자들이 미리 녹음해 둔 방송이 흘러나온다. 중간중간 리포터들이 교통 상황을 전해 준다. 고속도로와 국도 곳곳에서 차량은 거북이 운행을 계속하고, 병목 현상이 일어나는가 하면, 어느 지역에선 교통 정체가 주차장을 방불케 한다고 한다.

어느 방송이나 진행자는 비슷한 말을 한다.

"차 안에서 듣고 계신 분들 많죠?"

확실히 그럴 거다. 평소보다 두세 배 걸리는 시간 동안 라디오에 의지해 지루함과 짜증을 달래 보려는 운전자들이 많을 것이다. 그러나 그 시간에도 누군가는 병원 침대에 있고, 누군가는 연휴를 이용해 해외여행 길에, 누군가는 원룸에서 라면을 끓여 먹고 있을 수 있다. 그러니까 뉴스에서 헬기까지 띄워 가며 보여 주는 영상은 이 시대가 표준으로 장려하고픈 덕목을 널리 알리려는 의도에 다름 아니다. 이 행렬에서 벗어난 사람들은 자신의 삶에서 뭔가 중요한 것이 빠졌다고 느낀다. 이 결핍감과 박탈감이야말로 시스템이 바라는 심리적인 충격 요법이다. 표준에 속하라. 반도의 남쪽으로, 남쪽으로 향하는 차량들의 행렬은 끊어지지 않는 한민족의 전통을 상징하는 퍼포먼스다. 저처럼 혼잡과 불편을 딛고 가야 할 곳, 끝끝내 지켜야 할 도리가 있는 삶은 얼마나 아름다운가. 어떤 이유로든 이 도시에서 조금씩 일그러지고 빈틈을 지닌 사람들은 말이 없다. 그저 조용히 시스템의 전언을 보고 듣다가 밀린 잠을 채울 뿐.

지방에서 올라와 독신으로 살고 있는 친구 C에게 서울에서 보낸 명절 가운데 기억에 남는 날이 있는지 물었다.

"있지. 어느 해 추석인가 집에 내려가지 않은 친구들 서너 명이 모여서 관악산에 갔어. 그것도 한밤중에. 왜 그랬는지 모르겠어. 포커를 치거나 술을 마시는 게 지겨워서였을까. 하여튼 보름달이 가로등처럼 비춰 주는 산길을 따라 자박자박 걸어가던 그 밤이 생각나네."

친구가 올랐던 산길을 마음으로 따라가 본다. 명절날 밤, 산은 텅 비어 있고 새들도 움직임이 없다. 어둠 속에서 나무들이 무성한 그림자마저 거둬들인 채 잠들어 있고, 남은 물기를 모아 달콤한 체취를 발산하는 나뭇잎들이 바람에 서걱인다. 젊은이들은 그저 걷는다, 자박자박. 앞사람의 발자국 소리가 그들에겐 빛이다. 산 아래 도시는 적막하고, 산 속은 더 적막하다. 그때 산길을 함께 걷던 친구들은 하나둘 가정을 꾸렸고, 서울 요금소를 통과하는 차량 통계에 포함되어 명절마다 도시를 비운다. 노동과 휴식, 의미와 무의미, 찰나와 영원이 함께 버무려진 채 삶은 흘러가고, 또 흘러간다.

비슷한 처지의 또 다른 친구 D에게 같은 질문을 던졌다. 나도 평소 말수가 많은 건 아니지만 조금씩 나아지고 있는 반면, D는 처음 만났을 때나 지금이나 일관성 있게 과묵하다. 그래도 연락을 하면 곧잘 약속에 나왔고, D가 소개한 또 다른 친구라도 되는 양 D의 침묵마저 익숙하게 받아들였다. D는 내 질문에 잠깐 생각에 잠기더니 입을 열었다.

"이건 지금까지 아무에게도 하지 않은 얘긴데, 대학교 때 아주 특별하게 보낸 명절이 있어."

그렇게 D의 얘기가 시작됐다. 최근 몇 년 동안 D가 이처럼 길게 얘기하는 걸 들어 본 적이 없었다. D는 대학 시절 추석에 집에 내려가지 않고 혼자서 학교 기숙사에서 보낸 적이 있다고 했다. 부모님과 사이가 안 좋다거나 다른 문제가 있어서라기보다 며칠이라도 혼자 조용히 보내고 싶어서, 라고 했다. 그건 무척이나 D다운 일이었다. D네 학교는 지방 학생들을 위해 기숙사를 갖고 있었는데, 주변 방값에 비해 저렴해서 인기가 좋았다. 그해의 추석 연휴는 목요일에서 일요일까지였다. D는 기숙사 출입문 안쪽에 있는 경비실로 내려가 연휴에 기숙사가 문을 닫는지 물었다.

"왜?" 경비 아저씨가 되물었다.

"연휴 바로 다음 날 중요한 발표가 있어 집에 못 갈 것 같아서요."

D가 대답했다.

"그래도 명절엔 집에 가야지. 그래야 우리도 쉬지. 일요일 오전까지 닫을 거야."

그렇다고 자취하는 선배 방을 빌린다거나 하는 융통성이 D에겐 없었고, 그럴 생각도 없었다. 내가 기억하는 D는 마음에 드는 음악 한 곡에 가슴을 활짝 열었다가도, 어느 순간 눈앞에서 세상이 깜깜하게 사라져 버린 것처럼 텅 비어 보였다. 그런 D가 지금 회사 생활을 멀쩡하게 하고 있는 걸 보면 신기하기까지 하다.

D는 수요일 늦은 오후에 마트에 들러 장을 봤다. 삼각 김밥과 도시락, 컵라면, 음료수, 과자, 포도와 사과, 일회용 커피 믹스까지 고루 샀다. 며칠 동안 먹고 살 식량이었다. 룸메이트는 일찌감치 고향으로 떠나고 없었다. 오후가 되자 캠퍼스가 비어 갔고, 스피커에서 흘러나오던 방송도 끊겼다. 하늘은

높고 사방은 고즈넉해졌다. 기숙사 문을 폐쇄하기 전 경비 아저씨는 건물을 돌며 아직 남아 있는 사람이 있는지 확인했다. D는 침대 속에 들어가 이불을 뒤집어쓰고 숨도 쉬지 않았다. 얼마 뒤 경비 아저씨의 발걸음이 멀어져 갔고, 출입구가 잠기는 소리가 들렸다. D는 갇힌 것이다. 그것도 수십 명이 살던 커다란 건물에 혼자서. 그렇게 기묘한 연휴가 시작됐다.

문은 잠겨 있고, 몰래 숨어 있는 거라 밤에 불을 켤 수도 없다. 낮에 아래층 휴게실에서 텔레비전을 볼 수도 있지만 무척 조심해야 한다. 기숙사 경비 아저씨는 없지만, 학교 경비를 책임지는 분이 한 번씩 순찰을 돌기 때문이다. 오후가 저물어갈 무렵 D는 도시락을 까먹었다. 어둠 속에서 배가 고프면 꽤나 귀찮을 것 같아서였다. 후식으로 포도 한 송이까지 먹고 나자 할 일이 없었다. 라디오를 작은 볼륨으로 틀어 놓고 추석 특집 방송을 들었다. 명절 무렵의 라디오는 진행자의 멘트 대신 음악이 많이 나와서 좋았다. 그렇게 침대에 누워 라디오를 듣다가 까무룩 잠이 들었다.

갇혀 있다고 해도 불편은 없었다. 화장실과 세탁실, 휴게실이 있는 기숙사는 생각하기에 따라서는 철 지난 유원지의 모텔로 여겨도 될 정도였다. 가장 불편했다기보다 무서웠던 것은 D의 방에서 멀리 떨어져 있는 화장실을 갈 때였다. 복도의 창을 통해 캠퍼스의 귤빛 가로등 불빛이 들어오고 꽉 차 가는 달까지 떠서 그다지 어둡지는 않았다. 하지만 역시 어둠은 어둠이라 길게 늘어서 있는 방을 하나둘 통과해 가자면 자꾸 뒤가 돌아봐졌다고 했다. 이 대목에서 공포와 호러를 못 견뎌 하는 나는 참지 못하고 물었다.

"이거 혹시 결론이 납량특집이야?"

"글쎄, 들어 봐."

D는 밤 열두 시쯤 무심코 화장실로 들어가려다 혀를 깨물 듯 놀라 그 자리에 우뚝 섰다. D 앞에서 길고 검은 물체가 움직였기 때문이다. 너무 놀란 나머지 혀끝에 걸린 소리의 첫마디가 기계에 물린 테이프 속처럼 씹히고 말았다. 그림자는 날카롭고 번득이는 빛을 내쏘았다. 물체가 달빛과 가로등이 비치는 창가 쪽으로 스르르 움직였고, 그제야 그림자의 정체가 사람이란 것을 알았다. 이 커다란 건물 속에 자신 같은 사람이 또 한 명 숨어 있을 수 있다는 생각을 왜 한 번도 못했을까. D는 충격을 받았다. 상대편도 어지간히 놀란 모양이었다. 그들은 아무 말 없이 각각 화장실의 한 칸을 이용하고 앞서거니 뒤서거니 나와 그대로 방으로 돌아와 버렸다. 아무도 없으리

라 확신했을 때보다 오히려 사람을 보고 난 뒤 무섬증이 화르르 몰려왔다. 무서운 나머지 문을 잠그고 걸쇠까지 걸었다. D가 그 학생을 다시 본 것은 아래층 공동 휴게실에서였다. 외모만으론 학년이나 전공을 짐작할 수 없었다. 회색 트레이닝복에 연노란색 카디건을 걸친 평범한 모습이었다. 눈길이 마주치자 D가 살짝 고개를 숙여 인사를 했고, 상대도 난감한 듯 답례를 했다. 둘은 떨어져 앉아서 말없이 텔레비전을 30분쯤 봤고, 프로그램 하나가 끝나자 저편에서 먼저 자리를 떴다. 둘 중 누구도 먼저 말을 걸지 않았다.

"왜 그 며칠 동안 친해질 생각을 못했을까. 아마도 서로 처해 있는 상황이 묘해서 그랬던 것 같아."

D는 그녀와 처음 마주쳤을 땐 공포를 느꼈고, 그 다음은 낭패감이 들었다고 했다. 그 점이 서로 말을 거는 데 걸림돌이 아니었을까 싶다고. 그러고는 두 번 다시 그녀와 마주치지 않았다고 한다. 화장실에서도 휴게실에서도. 밤에 바깥에서 순찰을 도는 노란 불빛이 천장에서 춤출 때 건물 어딘가에 있을 그녀가 들키지 않기만을 바랐다. 그녀가 안전해야 D도 안전할 테니.

마침내 추석날이 됐다. 달의 한 면이 햇빛을 가장 넓게 받아 일 년 중 가장 큰 달을 볼 수 있는 날. D는 낮에는 책을 읽고 라디오를 들으며 시간을 보냈다. 밖은 여전히 조용했고, 오가는 사람도 드물었다. 추석날 밤 열한 시쯤 됐을까. 침대에 누워 있던 D는 방문 앞에서 인기척을 느꼈다. 꽤나 조심하려는 눈치가 역력했으나 슬리퍼 밑바닥이 복도 바닥과 부딪치는 미세한 소리에 신경이 바짝 섰다.

이 넓디넓은 건물에서 문 밖에 와 서성일 사람은 오직 한 사람뿐. 그녀다! 잘 견디다 어느 순간 몹시 외롭거나 무서웠을까? 얘기가 나누고 싶었을까? 이 방은 어떻게 알았지? 방에 들어가는 걸 지켜봤나? 그런데 상대는 끝내 문을 노크하지 않았다. 이쪽의 기척을 살피고 있는지도 몰랐다. D는 일어나서 아는 척을 하고 문을 열어야 할지 잠시 망설였다. 망설임의 순간이 몇 초 지나는 사이, 발소리가 다시 멀어져 갔다.

그렇게 목요일, 금요일, 토요일이 지나갔다. 일요일 아침 여섯 시가 되자 밖에서 문 여는 소리가 들렸다. 다음 날 있을 강의를 위해 밤차를 타고 밤새 달려온 학생들이 곧 들이닥칠 터였다. 어쨌거나 이제는 밖에 나갈 수 있었다. 그리고 살아 있다는 기척을 마음껏 내도 좋았다. 아홉 시가 넘자 학생들이 하나둘 모습을 드러냈고, 복도를 우당탕 뛰어가는 소리도 들렸다. 일상이 다시 시작된 것이다. 세탁기가 다시 쉴 새 없이 돌아갔고, 학생 식당에선 음식 냄새도 솔솔 풍겨 왔다. 아주 특별한 연휴가 끝난 것이다. 그 뒤 D는 한 번도 그 여학생을 보지 못했다고 한다. 설령 스쳐 지나갔다고 해도 이제 일상에 편입되어 평범한 또래의 한 사람으로 묻힌 이를 알아볼 수는 없었겠지만.

"살면서 가끔 이런저런 일에 지칠 때 뜬금없이 그 애가 생각날 때가 있어. 서로 뻔한 처지였는데 말 한마디 나눠 보지 못한 게 마음에 걸렸나 봐."

그때 일을 더듬는 D의 얼굴은 쓸쓸해 보였다. D는 사람들에게 내쳐지는 기분이 들거나 다가설 수 없는 단단한 벽을 느낄 때, 자신도 모르게 혼잣말을 한다고 했다.

'어쩔 수 없지. 너도 그랬잖아. 그들도 그저 어쩔 줄 몰라서 그랬을 거야.'

한때 시인을 꿈꿨던 D는 목소리를 낮춰 이렇게 덧붙였다.

"일부러 내 방까지 찾아왔는데 말이야. 왜 선뜻 문을 열어 맞아들이지 않았을까. 비약이라고 할지 모르겠지만, 난 종종 그런 게 죄가 아닐까 싶어."

어찌 D뿐일까. 서로의 불모, 불구를 인식하고도 모른 척 지나친 사람이 얼마나 많을까. 마음과 마음을 주고받다 서로 어긋나서 생긴 부서질 것 같은 고통만이 상처가 되는 것은 아니다. 아무 일 없이 헤어졌다는 것, 그림자 끝자락도 겹쳐 본 일이 없다는 것, 그 역시 비할 데 없는 막막함이다.

오늘은 설날이다. 도시에 남은 사람들이 패스트푸드점과 카페와 영화관을 접수하는 동안, 차들은 모처럼 속도를 내서 도로 위를 질주한다. 혼잡을 피하려는 이들은 지금쯤 서둘러 서울로 오고 있겠다. 나는 D의 이야기를 오래 잊지 못할 것 같다.

※

그해 겨울이

내게
일깨워 준 것

내가 사는 빌라 위층에는 젊은 남자가 산다.
가끔은 그의 어머니와 네다섯 살 먹은 아들아이와
함께 지낼 때도 있다.
웬일인지 젊은 여자의 모습은 본 적도, 목소리를 들은 적도 없다.
그게 그가 간직한 존재의 구멍, 결락은 아닐까
가만히 짐작만 할 뿐,
그가 나에 대해 모르듯 나도 그에 대해 아는 것이 없다.

아무려나 그들은 지방에 살다가

잠깐씩 서울에 다니러 오는 것 같았다.
어쩌다 아래층 나와
위층 그가 동시에 현관문을 열고 나설 때면
그가 슬그머니 집안으로 다시 들어가는 기척이 들렸다.
도시에는 익명이라는 강력한 보호 장치가 있었고
서로 모른 척 해 주는 것을 예의로 여겼다.
그와 나는 인사를 나눌 겨를도 없이
각자의 공간에서 그저 살았다.

대부분의 계절에 위층은 비어 있었다.
우편함에 쌓이는 고지서와 동창회보 같은 것을 모아서
위층 문 앞에 놓아두곤 했다.
위층으로 이어진 계단에는 늘 어둠이 괴어 있었다.

그해 겨울은 유난히 춥고 길었다.
기록적인 폭설과 한파로 온 도시가 마비되기도 했다.
출발한 지 세 시간이 넘도록 직장에 도착하지 못한 사람들이
차를 버리고 눈을 헤치며 걷는 풍경이 뉴스에 나왔다.
보일러를 아무리 돌려도 실내 온도가 16~17도에 머물렀다.

지은 지 오래된 빌라는

외풍에 취약했고 단열 기능도 떨어졌다.

창틈에 문풍지를 발라 단속해도 별 효과가 없었다.

창 쪽으로 붙은 책상 앞에 앉으면 손이 시렸다.

그 겨울에 꼭 끝내야 할 일이 있었으므로,

아프지 말아야 했다.

유난히 추위를 많이 타는 내게

그 겨울은 혹독한 자연의 위력을 톡톡히 보여 주었다.

바깥 온도는 영하 13~14도.

주방과 베란다 수도가 꽁꽁 얼었고,

기적적으로 욕실에만 물이 나왔다.

그 물을 받아다가 밥을 하고 설거지를 했다.

욕실 수도까지 얼어붙지 않은 것에 나는 감사하고,

또 감사했다.

세제를 쓰면 물이 많이 필요하기에 되도록 기름기 적은 음식을 먹고 밀가루를 풀어 그릇을 씻었다.

삶이 불편해지자 저절로 친환경적이 됐다.

계량기 근처 수도관에 뜨거운 물을 부어 녹이길 몇 번.

나중에는 그냥 내버려 뒀다.

잠깐 기온이 영상으로 돌아오는 날이면
다시 물이 나왔으니까.
그 겨울 얼어붙은 수도를 녹여 주는 업자들은
유례없는 호황을 맞았다.
빙하와 가까운 나라에 여행 와서
열악한 게스트 하우스에 장기 숙박 중인 것 같은 날들이었다.

어느 날 아침, 날이 풀린 것도 아닌데
갑자기 보일러 LCD 창에 표시된 실내 온도가 3~4도 가량
쑥 올라가 있었다.
방안이 훈훈했다. 봄이 온 것만 같았다.
밖은 여전히 칼바람이 윙윙대는 날씨.
어떻게 된 거지?
곧 이유를 알 수 있었다.
아이가 쿵쿵 뛰는 소리, 텔레비전 소리, 할머니 목소리…….
위층 가족이 돌아온 거였다.
하필이면 그 추운 날씨에 서울에 온 그들이 안쓰러웠지만,
위층에서 난방을 한 덕분에
그 온기가 내 천장을 덥힌 거였다.

그동안 그토록 추웠던 건 그들의 부재도 한몫했음을
그제야 알았다.
원래 추운 집이 아니라 그들이 없었기에 더 추웠던 거였다.
눈물겨웠다.
인간은 함께 어울려 체온을 나누며 살아야 한다고,
도시가스가, 난방이 알려 주다니.
그리고 미안해졌다.
내가 집을 비운 겨울에 아래층 사람들은 얼마나 추웠을까.
우리는 얼굴도 모르면서 벽을 사이에 두고
도시가 공급해 주는 화력으로 서로를 덥혀
그 겨울의 한기를 견뎠다.
어느 날, 아침에 일어나니 또 기온이 뚝 떨어져 있었다.
보일러는 씽씽 돌아가건만 방은
다시 외풍의 차지가 된 듯했다.
그래서 알 수밖에 없었다.
위층 가족이 떠났다는 것을.
그 겨울, 나는 잊어야 할 것들이 많았고
흘려보내야 할 것들도 많았다.
너무 추웠으므로

잊어야 하고 흘려보내야 할 것들이
어디에도 스며들지 못한 채
나와 함께 겨울을 횡단했다.

봄이 왔을 때,
나는 마음 붙이지 못하고 떠나왔던
모든 것들에게 용서를 빌었다.
온기를 거뒀으므로 얼마나 추웠을까.
그 겨울을 따뜻하게 보냈기를,
어느 지붕 밑에서건 꿈 없는 단잠을 푹 자기를, 또 빌었다.

이번 생은 망했다

그래도 여행은 계속된다

10월의 어느 공원 야외무대에서 가수가 열창을 할 때였다.
옆에 있던 남자가 친구에게 고백하는 소릴 들었다.
"난 다시 태어나면 노래하는 사람이 되고 싶어."
그 말을 들은 친구가 답했다.
"그래, 멋진 일이지."

고개가 끄덕여졌다.
내 주변에도 똑같이 말한 사람이 있었고,
나도 한 번쯤은 그런 생각을 한 적이 있으니까.
다른 예술은 서서히 스며들거나, 생각의 필터를 거쳐야

비로소 내 것으로 누릴 수 있다.
하지만 음악은 듣는 이의 심장에 바로 날아와 꽂힌다.
노래에 담긴 감성과 열정을
시간차 없이 전달할 수 있다는 건 정말 멋진 일이다.
청중과 하나가 될 때 느낄 희열도 부럽고,
많은 사람 앞에서 공연할 수 있는 실력과 용기도 대단해 보인다.
무대에서 끼와 재능을 마음껏 펼치는 삶, 생각만 해도 짜릿하다.

돌아오는 길에도 그 대화가 머릿속을 맴돌았다.
처음엔 '노래하는 사람'에 초점을 맞춰 공감했는데,
오래 마음에 남는 건 '다시 태어나면'이라는 단서였다.
'다시 태어나면'이란 말 다음엔
대개 지금은 부족한 능력이나 재능을 갖춘 인물을 붙인다.
혹은 그런 조건이 필요 없는 생물이나 무생물을 붙이거나.
소망에 따라선 다음 생을 기약해야 하는 것도 분명 있겠지.

하지만 내게 부족한 것을 알고,
내 그릇의 크기를 아는 것도 능력이고, 재능이 아닐까.
사람들이 쉽게 행복이라고 정의하는 것들의

허구를 간파할 수 있다면

그보다 더 대단한 능력자가 어디 있을까.

오래 전에 얼핏 들은 책의 제목이 생각났다.

『이번 생은 망했다』였다.

이번 생은 망한 걸로 치고,

더 자유롭고 치열하게 살겠다는 역설을 담은 제목이라고 했다.

거기엔 이런 구절이 나온다.

"이번 생은 망했다. 하지만 나는 아직 살아 있다. 사계절 순환처럼 내 일상도 반복할 것이다. 하지만 나는 아직 숨을 쉬고 있다. 계절의 반복처럼 나는 수없이 실패하고 절망하고 비통해할 것이다. 하지만 나는 여전히 하늘을 올려다보고 있을 것이다. 그리고 이제는 다른 말, '그래도 다시'가 아니라 '이번 생은 망했다'고 낮게 읊조리며 엉덩이를 털고 일어나 걸을 것이다."

2장

엄마, 아버지도 사는 게 무섭던 때가 있었단다

※

엄마,
아버지도

사는 게 무섭던 때가
있었단다

매화꽃이 불러서, 집 짓는 해에 심었다는 참앵두 나무가 그리워서, 문득 시골 엄마한테 갈 때가 있다. 엄마는 내 두 손을 맞잡거나 머리를 쓰다듬어 준 뒤 묻곤 한다.

"서울은 어떠냐. 모두들 살려고 눈이 벌겋제?"

그러면 문득 황사 바람에 시달리느라 붉은기가 감도는 두 눈을 한 번 꾹 눌러 보게 된다. 정작 그 말을 하는 엄마의 큰 눈망울은 말갰는데. 그래서 내 모습이 다 비쳤는데. 시간이 지나서야 알았다. 엄마도 그런 시절을 통과해 왔기에, 사는 일의 고달픔에 짓눌려 봤기에 건네는 애틋한 위로의 말이란 걸.

큰오빠 Y가 사업이 힘에 부쳐 애를 먹던 때가 있었다. 어느 날 저녁, 오빠가 시골집에 전화를 넣었다. 물론 사업 얘기는 털끝만큼도 비치지 않았다. 하지만 엄마들은 귀신이다. 짐짓 예사로운 목소리로 전화해도 자식이 무슨 일인가로 힘들어하고 있다는 걸 안다. 무엇보다 세상 끝에 홀로 선 것처럼 외로워하고 있음을.

엄마가 말했다.

"해가 지면 그날 하루는 무사히 보낸 거다. 엄마, 아버지도 사는 게 무섭던 때가 있었단다. 그래도 서산으로 해만 꼴딱 넘어가면 안심이 되더라. 아, 오늘도 무사히 넘겼구나 하고. 그러니 해 넘어갈 때까지만 잘 버텨라. 그러면 다 괜찮다."

그 밤에 엄마가 속으로만 삭인 뒷말이 있었다.

'그러다 새벽이 오면 또 하루가 시작되는 게 몸서리쳐지게 무서웠단다.'

그 말까지 더해야 진실이 완성되지만 엄마는 차마 그 말을 할 수 없었다. 말하지 않아도 새벽이 되면 절로 느낄 것이므로. 당장 그 순간 자식에게 필요한 것은 기운을 북돋아 주는 말이란 걸 알기에. 나는 시간이 지나서야 그 뒷말까지 온전하게 전해 듣고 그 말에 담긴 서슬 푸른 삶의 비의에 혼자 몸을 떨었다.

어느 여름, 엄마를 도와 밭에 나가 김을 맨 적이 있었다. 시골에 가도 항상 손님처럼 놀다 오기 일쑤였지만, 그날은 무슨 마음이 들었는지 호미를 들고 엄마를 따라나섰다. 한여름 콩밭에 쏟아지는 햇빛은 온몸을 삶을 것처럼 따가웠다. 콩밭은 넓었다. 거기서 수확한 콩들로 간장과 된장, 콩가루를 만들어 식구들에게 보낼 것이었다.

똑같이 한쪽 고랑씩을 맡아 시작했건만 얼마 지나지 않아 엄마는 벌써 저만치 앞서 갔다. 열린 땀구멍에서 더운 물줄기가 줄줄 흘러나왔다. 입에서 단내가 났다. 멀쩡한 콩을 파는지 풀을 매는지 비몽사몽의 상태로 엄마를 뒤쫓아 가며 소리를 질렀다.

"엄마아! 이 넓은 콩밭을 언제 다 맨대요?"

그때 엄마가 던진 한마디.

"야야, 눈이 게으른 거란다."

그 말을 하는 순간에도 엄마는 나를 돌아보지 않은 채 오직 당신 앞에 난 잡초에만 집중하고 있었다. 나는 풀의 머리끄덩이 한 번 잡아당기고, 콩밭 한 번 둘러보고 한숨 쉬고, 그러느라 더 덥고 힘들었다.

도저히 넘을 수 없을 것만 같은 벽에 부딪쳐 그만 포기하고 싫어질 때면 엄마의 어록을 떠올린다.

도시에서 학교 다니는 자식들이 집에 오면 엄마 아버지는 차비와 용돈을 들려 보내기 위해 돈을 구하러 사방으로 다녀야 했다. 동네에선 형편도 안 되면서 자식들을 대처까지 보내 공부 시킨다고 입방아를 찧어 댔다. 그런 시절, 엄마 아버지의 눈은 벌겋게 충혈돼 있었을 것이다.

해가 지면 안도하고 새벽이 오면 또 하루가 시작되는 것이 겁났다던 분들. 그런 세월을 살면서 알아차린 것이다. 게으른 눈에 속으면 안 된다는 것을. 사람의 눈은 어리석기 짝이 없어서 해야 할 일 전부를, 인생 전체를 돌아보며 겁먹기 쉽다는 것을. 엄마는 말했다. 오직 지금 내딛는 한 걸음, 손에 잡히는 잡초 하나부터 시작하면 어느새 넓은 콩밭은 말끔해진다고. 반드시 끝이 있다고.

※

당신은

내 자존심을
건드렸어요!

중국인들이 사랑하는 작가 싼마오는 20대의 어느 날, 내셔널 지오그래픽에 실린 사하라 사막 사진에 매혹되어 그곳으로 찾아간다. 『사하라 이야기』는 그녀가 사하라 사막에서 보낸 기상천외한 신혼 생활을 담은 것으로 위트와 담백한 서술, 우수 어린 정서가 돋보이는 작품집이다. 사하라에는 사하라위족이 산다. 아무리 사막을 사랑해도 문화와 정서가 다른 사람들과 어울려 사는 일은 만만치 않은 내공이 필요한 법이다. 싼마오의 이웃들은 '무엇이든 빌려 주세요' 정신으로 아침부터 아이들을 특사로 보내 용건을 전한다. 전구, 양파, 휘발유 한 통, 솜, 다리미, 못, 전깃줄 같은 것을 마치 맡겨 놓은 듯 빌리러 온다. 그리고 빌려 주면 당연히 돌려받지 못한다. 가장 압권은 냉장고 빌리기인데, 그 장면을 옮겨 본다.

하루는 이웃집 꼬맹이 라푸가 문을 두드렸다. 문을 열어 보니 집채만 한 낙타 시체가 문 앞에 놓여 있었고, 바닥은 시뻘건 피로 흥건했다. 나는 기겁을 했다.

"엄마가 이 낙타를 아줌마네 냉장고에 좀 넣어 두래요."

나는 고개를 돌려 조그만 냉장고를 바라보고는 한숨을 푹 쉬었다.

(중략) 당연히 낙타는 우리 냉장고에 들어가지 않았다. 그러나 라푸 엄마는 거의 한 달 동안 굳은 표정이었다. 그녀는 나에게 단지 이 말 한마디만 했다.

"내 부탁을 거절하다니, 당신은 내 자존심을 건드렸어요."

사하라위족은 자존심이 무척 강하기 때문에 이웃과 평화롭게 어울려 살기 위해서 싼마오는 부탁을 들어주지 않을 수 없었다. 낙타를 냉장고에 넣어 두라는 부탁만 빼놓고. 부탁의 종류도 재밌지만, 부탁을 들어주지 않았을 때 사하라위족이 던지는 한마디도 참 의미심장하다.

"싼마오가 내 자존심을 건드렸어요!"

이 한마디면 사막의 뜨끈한 평화는 온 데 간 데 없어지고, 인심은 사막의 밤보다 더 싸늘하게 얼어붙는다. 얼굴을 봐도 차갑게 외면해 버리고 말을 걸지도 않는다. 부탁을 거절당한 심리를 이처럼 솔직하고 직접적으로 표현하는 사람들이 있을까 싶다.

살면서 부탁과 거절 때문에 고민하지 않는 시절이 얼마나 될까. 사람은 혼자 살 수 없기에 일생 동안 이 두 가지 메커니즘을 수없이 왕복하며 온갖 희노애락을 겪는다. 상대는 가벼운 마음으로 했는데, 받는 이편에서 한껏 무거워져 그 무게 때문에 자칫 관계가 어그러지기도 한다. 물론 그 반대의 경우도 일어난다. 상대는 무거운 마음으로 한껏 기대를 실어 부탁했는데 이편에서 가볍게 거절하면, 사하라위족처럼 직접적으로 외치지는 않아도 그 상처가 꽤 오래 간다.

들어줄 능력이 없으면 문제는 간단해진다. 낙타를 넣어 둘 만한 냉장고가 없는데 어떡할 것인가. 이런 경우 거절했다는 사실 때문에 마음에 그림자가 남을 일도 없다. 그런데 문제는 상대가 원하는 것을 내가 가지고 있을 때다. 그러니까 내 의지를 작동시켜 선택해야 할 때 괴로움이 따른다.

집안이 풍족해 형제와 여러 일가친척들의 도와달라는 민

원이 끊이지 않는 집이 있었다. 이 집 부인은 오랜 세월 어찌나 시달렸는지 친척들이 전화를 해도 반갑지 않고, 집에 찾아오기라도 하면 '이번에는 또 무슨 소릴 할까' 싶어 덜컥 겁부터 났다. 그이의 고민을 들은 지혜로운 이는 초간단 해결책을 내놓았다.

"누구도 도와달라는 사람이 없게 하려면 어떻게 하면 될까요? 가장 간단한 방법은 망해 버리는 것입니다. 망해 버린 사람에게 찾아와서 도와 달라는 사람은 없으니까요."

부탁이란 것은 내게 그럴 만한 능력과 힘이 있다고 상대가 판단하고, 그 도움이 필요할 때 이뤄진다. 핵심은 내게 무엇인가가 있다는 것이다. 부탁을 하는 입장에서 보면 내가 가진 것은 축복 받은 어떤 능력이다. 그것이 아무리 사소한 것이라 할지라도. 그런데 부탁을 들어줘야 하는 입장에서는 복이 갑자기 재앙처럼 여겨진다. 누구에게는 복이 되는 것이 누구에게는 재앙이 되다니, 인생사란 복잡기묘하기 짝이 없다.

젊었을 때는 주로 부탁을 하는 입장에, 나이가 들어 사회에서 서서히 기반을 닦으면서는 부탁을 듣는 입장에 놓이게 된다. 과도한 욕심을 부리는 경우가 아닌 한, 부탁을 하는 쪽은 대부분 약자의 처지일 경우가 많다. 실제로는 아니더라도 무엇인가 원하는 것이 있다는 점에서 현실적으로는 약자가 된다. 신이 내게 어떤 것을 맡겨 두고 그 운용까지 위탁했다고 보면, 거절하기란 더더욱 어려워진다. 게다가 누구나 좋은 사람으로 기억되고 싶은 욕심이 있다.

그렇다고 거절을 못 하고 늘 타인의 욕망에 이끌려 다니는 것은 본인은 물론이고, 때로는 가족에게까지 그늘을 드리운다. 부탁과 거절 사이에서 갈등이 생길 때 내가 삼는 기준은 단 하나다. 나도 행복해지고 상대도 행복해지는 길이 무엇인가 묻는 거다. 한발 물러서서 내 행복이 약화되더라도 부탁을 들어줘서 상대의 행복이 강화된다면 고민할 여지가 없다. 들어주는 편이 좋다. 내가 지닌 것을 값지게 쓸 수 있다는 것도 인간이 맛볼 수 있는 가장 고귀한 행복 가운데 하나라고 생각한다. 그런 행복을 맛보기 위해 인간은 그처럼 고군분투하며 힘을 키우고 능력을 갖추고자 노력하는 것이 아닐까.

그러나 내가 불행해지면서 상대가 행복해지는 것이라면 얘기가 다르다. 그런 부탁은 일시적으로는 상대를 행복하게 만들지 몰라도 결국에는 양쪽을 다 불행하게 만든다. 인간은 그 누구에게도 행복을 양보하라고 요구할 권리가 없다. 문제는 시간이 흘러야만 누가 행복해지고 누가 불행해지는지 판

가름 나는 경우다. 결정은 당장 해야 하는데, 결과를 예측할 수 없다면 이처럼 난감할 때도 없다. 그럴 때는 상황이 가장 안 좋게 풀릴 경우를 상상하고, 내가 그 대가를 기꺼이 치를 자세가 돼 있는지 생각해 본다. 선택에 대한 책임까지 오롯이 내 몫이기에 나중에라도 상대를 원망하지 않을 자신이 있는지 점검해 본다. 다른 사람에게 열 번 부탁해 세 번 성사되는 확률을 지녔다면 그럭저럭 잘 살아온 인생이라고 생각한다.

나는 지지리도 부탁을 못 하는 사람이었다. 어렸을 때부터 그랬다. 거절당했을 때 입을 자존심의 손상을 피하고 싶은 마음도 있었겠지만, 다른 사람을 난처하게 만들고 싶지 않아서이기도 했다. 예닐곱 살 때 동네 가게에 외상 심부름을 시키면 어떻게 하든 피하고 싶어 도망 다니기에 바빴다. 반면에 외상값을 갚고 오라고 하면 신발을 꿰신고 얼마나 신나게 달려갔는지 그때의 후련하고 상쾌했던 기분이 아직도 기억에 생생하다. 부탁을 잘하지 못하는 성격이니 남들에게 폐를 안 끼치고 살았을 것 같지만, 딱히 그렇지도 않다. 원하거나 원하지 않거나 사람과 사람은 서로 긴밀히 연결되어 뭔가를 주고받을 수밖에 없다. 그리고 그 점에 대해서 얘기하자면 나야말로 과분한 사랑과 도움을 많이 받고 살아왔다고 할 수 있다.

어느 날 지인에게 공항에 마중 나오는 문제로 부탁을 한 적이 있었다. 그런데 그이의 답이 이랬다.

"평소 네가 뭘 잘 부탁하지 않는다는 걸 아니까, 꼭 들어주고 싶은데 참 난감하네. 그날은 일이 있어서 힘들 것 같아. 미안해."

그 답은 내 마음 밑바닥에 넙치처럼 엎드려 있는 어떤 부분을 돌아보게 만들었다. '평소 부탁을 안 하던 내가 하는 부탁이니 이건 꼭 들어줘야 해' 하는 보상 심리가 있었던 건 아닐까 싶었던 것이다. 그동안 하지 않았던 부탁들의 기대까지 더해졌기에, 거절당했을 때 받는 실망도 컸음을 인정하지 않을 수 없었다. 여간해선 부탁을 안 하는 사람이라니. 그런 건 자아가 내세운 허영, 혹은 오기 섞인 각오에 가까운 것이었는지도 모르겠다. 이처럼 허술하게 뚫리고 말 틈새였고, 그렇게 허술한 게 바로 나였다.

부탁과 거절 사이의 심리적 균형을 찾는 것도 어른이 되는 과정 가운데 하나일 것이다. 상대가 꼭 들어줘야 한다는 기대를 내려놓고 가벼운 마음으로 현재의 내 고민을 꺼내 놓을 때, 부탁은 부탁이 아니라 삶의 한 과정을 나누는 소통이 된다. 이 과정에서 상대에게 확신을 주는 것이 중요하다. 설사 거절한다고 해도 당신에 대한 신뢰는 여전하고 우리 관계에는 어떤 영향도 없을 것이며, 궁극적으로 잘못되는 일은 없음을. 부탁이 이뤄지지 않아서 잃는 것이 있다면 애초에 내 몫이 될 게 아니었던 것이다. 거절당했다고 사하라위족처럼 "당신은 내 자존심을 건드렸어요!" 하고 울부짖을 일도 아니다. 그저 인연이 닿지 않아 일이 그렇게 됐을 뿐, 거절당하는 것과 자존감 사이에는 아무런 연결 고리가 없다. 마음에서 어떤 연결 고리가 생긴다면, 그건 거절한 사람과 상관없이 부탁하는 이편의 심리적 콤플렉스와 자괴감이 작동했을 뿐이다.

지혜로운 마음이 바탕이 된 부탁과 거절은 서로를 성장시키는 계기가 된다. 이 간단한 이치를 깨우치는 데 많은 세월이 걸렸다. 그러고도 실전에 부딪치면 늘 조심스럽다. 어른이 된다는 건 이래저래 쉬운 일이 아니다.

✳

'최선'이라는 말이 전부 담아내지 못하는 것

태어나서 처음으로 구두를 닦아 본 적은 언제였을까.
대개는 내 구두가 아니라,
아버지나 삼촌 아니면 친척의 구두로
구두 닦기에 입문하지 않았을까.
내게도 그런 기억이 있다.
어렸을 때 천지분간 없이 놀기 바쁘던 어느 날,
삼촌이 불렀다.
"구두 좀 닦아라. 용돈 줄게."

그리고 신발장에서 구두약과 헝겊을 꺼내 줬다.

처음엔 용돈이 탐이 났다.

그래서 작은 손으로 헝겊에 구두약을 묻혀 열심히 닦았다.

흙과 먼지로 뿌옇게 제 빛을 잃었던 구두가

헝겊이 스칠 때마다

다시 반짝반짝 살아나는 걸 보는 건 신나는 일이었다.

점점 구두를 닦는 재미에 푹 빠져들었다.

하지만 아이는 아이였다.

힘 조절이 되지 않아 안쪽까지 구두약이 묻었다.

그걸 지우려고 또 열심히 문대면

그 자국까지 남아 얼룩덜룩해졌다.

얼마나 지났을까.

삼촌이 결과물을 보러 왔다.

구두약이 이리저리 번진 구두 한 켤레가

심사위원 앞에 놓였다.

가슴이 쿵쿵, 뛰고 입에 마른 침이 고였다.

"구두약을 조금씩 묻혀서 닦았어야지."

꼼꼼한 성격의 삼촌은 예상대로 실망한 기색이었다.

그 얼굴을 보자 나도 모르게 이런 말이 튀어나오고 말았다.

"난 최선을 다했단 말이에요!"
조금은 억울한 마음이 담긴 볼멘소리였을 것이다.

삼촌은 순간, 흠칫 놀란 듯 내 얼굴과 구두를 번갈아 봤다.
어린 아이 입에서 최선이라는 말이 나온 것이
뜻밖이었던가 보다.
"최선을 다했다면 어쩔 수 없지. 그래, 수고했다."
삼촌은 두말하지 않고 눈앞의 구두 한 켤레와 나를
인정하고 받아들였다.
약속한 대로 용돈도 줬다.

'최선'이라는 말이 불러온 마법.
깐깐한 삼촌이 금방 물러선 건, 그 마법 때문이었을 것이다.
잘하고 싶었지만, 능력이 여기까지밖에 미치지 못했다.
그럴 때 쓰는 최선이란 말.
그래, 참 신기하고 장한 말이구나.
최선은 각별한 추억이 담긴 단어가 됐다.

그로부터 많은 시간이 지나 어른이 됐고, 사회인이 됐다.

사회에선 최선을 다하는 게 기본 사양이었다.
어린 아이에겐 다소 벅찬 미덕이었던 최선이
어른의 세계에선 당연한 전제였다.
그래서 혼잣말을 한다면 모를까,
다른 사람 앞에선 섣불리 최선이란 말은 꺼내지 않게 됐다.

사는 일이 내 마음 같지 않게 흘러갈 때
스스로에게 묻곤 한다.
과연 어느 선까지 해야 최선일까.
온 정성과 힘을 다하고도 쓸쓸해지는 건 왜일까.
정답은 모르지만, 한 가지는 어렴풋이 알 것 같다.
나의 최선과 다른 사람의 최선이 만나 부딪친 자리에서
때론 꽃이 피고, 때론 눈물도 자란다는 것,
그게 인생이란 걸 말이다.

구두 한 켤레의 추억이 번져 가는 동안,
최선을 다해 물들어 가는 가을 숲이 바람에 흔들린다.

“후회하느냐고?
천만에”

“욕망이 어디서부터 시작되는 줄 아나?”

“글쎄요…….”

“바로 여기, 눈이지, 눈.”

_영화 ‘양들의 침묵’ 중에서

롯데월드에 들어설 때마다 언젠가 들었던 고래 얘기가 생각난다. 인류가 배를 만들어 먼 바다로 가기 전까지 고래는 한 번도 자기보다 큰 것을 보지 못했다고 한다. 고래의 본능에는 커다란 것과 만나면 어떻게 행동해야 할지에 대한 요령이 전혀 들어 있지 않았다. 그래서 해군의 대규모 군사 연습이 끝

난 뒤에는 죽은 고래가 떠오르기 일쑤였다고 한다. 아무런 외상없이 멀쩡한 고래의 죽음.

롯데월드는 지하철 2호선 잠실역과 곧장 이어져 있다. 나는 이곳이 한적한 모습을 본 적이 없다. 사시사철 사람들로 붐비고, 사람들이 토해 내는 뜨거운 숨 때문에 머리가 멍해진다. 롯데백화점 입구에는 로마의 트레비 분수를 축소해 만든 인공 물줄기가 있다. 밤이면 타일 바닥에 색색의 전등이 반짝이고, 이곳을 약속 장소 삼아 기다리는 수많은 사람들이 서성이고 있다. 누군가는 마치 실제 로마의 트레비 분수에 온 것처럼 이곳에 다시 올 수 있기를, 그리고 사랑이 이뤄지길 바라는 마음을 담아 동전을 던지기도 한다.

지하 공간에 마련된 작은 인공 분수에서 물줄기를 내뿜으며 떠오르는 고래 한 마리를 상상한다. 롯데월드에 처음 갔을 때 나는 무청처럼 새파랗게 젊었고, 군함을 만나기 전의 고래 같았다. 우리를 압도하는 거대한 것들이 너무 많다는 걸 미처 모르던 시절의 고래 말이다. 인간이 고래와 다른 점이 있다면 어릴 때는 현실보다 훨씬 리얼한 상상력 때문에 지레 괴롭고, 어른이 돼서는 상상보다 훨씬 리얼한 현실 때문에 경악한다는 것. 거대해서 주눅이 들기도 했지만, 솔직히 나는 롯데월드에 들어설 때마다 가슴이 뛰었다. 젊은이는 특히 시각에 사로잡혀 매혹되기 십상이라 사랑하지 않고는 견딜 수 없게 만들어 놓은 이곳에서 무심하기란 힘든 노릇이었다.

롯데월드뿐만이 아니다. 강남의 센트럴시티나 부산 해운대의 센텀 시티에서도 마찬가지였다. 인공미도 아름다움의 하나인 것은 틀림없는 사실이어서 거대 빌딩에는 어딘지 모르게 사람의 마음을 끄는 데가 있다. 결코 오래 머물 만한 곳은 아닐지라도 말이다. 사람이 갑자기 심장박동이 빨라질 때는 욕망이 시작되는 시점과 정확히 일치한다. 나는 본다. 정확하게 말하면 나는 그것들을 본다. 그리고 나는 욕망하기 시작한다. 식당가, 커피숍, 롯데시네마, 롯데백화점, 롯데마트, 아울렛 등 롯데월드가 품고 있는 모든 것을. 심지어 롯데호텔까지.

언젠가는 롯데월드에 관한 글을 쓸 수 있기를 꿈꿨다. 롯데월드에 자주 갈 때는 불가능한 일이었다. 롯데월드의 시간이 지나자 롯데월드보다 더 압도적인 군함이 도처에 떠 있다는 걸 알게 됐다. 사회에 나와서는 무릎이 꺾이는 좌절과 등뼈 깊숙한 곳에서 불꽃처럼 터져 나오는 의욕 사이를 왕복하며 일해야 했고, 여행을 떠났다 돌아오기를 반복했다. 정작 나

자신을 잃어버린 것 같아 고독해질 때, 롯데월드를 맞춤한 쉼터로 삼을 수는 없었다.

왜 우린 롯데월드를 떠나지 못할까. 롯데월드를 우리 생에서 지워버린다는 건 그때 나이로선 너무 가혹한 일이었다. 우린 롯데월드가 낳은 아이들이었다.

옛 시절의 노트를 뒤져 보니 이런 구절이 적혀 있다. 기록은 여기에서 멈춰 있다. 롯데월드와 나 사이에 내면적 거리를 만들기 위해선 시간이 필요했고, 오래 마음속 빈집을 응시해야 했다. 그렇게 긴 시간이 훌쩍 지났다. 그 후로 오랫동안 롯데월드는 내 마음속 청춘의 랜드마크로 남아 있었다.

다시 찾은 롯데월드는 변함이 없다. 변함없이 사람들로 붐비고, 계절과 날씨를 탈색한 채 건조한 공기로 사람들을 맞이한다. 거대 빌딩이 그렇듯 이곳에서는 데이트의 모든 것을 한꺼번에 해결할 수 있다. 식당가에서 메뉴를 골라 밥을 사 먹고 커피 한 잔을 테이크아웃하고, 영화를 보거나 쇼핑도 할 수 있다.

그러나 내가 사랑해 마지않았던 공간은 따로 있다. 아래층에 있는 아이스링크장이다. 이곳에 수없이 왔지만 단 한 번도 스케이트를 탄 적은 없었다. 스케이트를 배울 기회가 없었기 때문이다. 얼어붙은 논바닥에서 썰매를 타던 시골 출신에게 스케이트는 도시인들의 세련된 여가 생활에 다름 아니었다. 배우려는 마음을 내면 못 할 것도 없고 진입 장벽이 높은 레저 활동도 아니지만, 그 옛날 롤러스케이트를 탈 때도 온몸이 멍투성이가 되도록 넘어지는 운동신경을 지닌 나였다. 그보다는 차라리 사람들이 얼음 지치는 모습을 바라보는 편이 좋았다.

남녀가 다정하게 손을 잡고 링크를 도는 모습이라든가, 검은색 타이즈를 신고 이제 막 스케이트를 배우는 유치원 아이들을 바라보노라면 마음이 편안해진다. 앙증맞은 노란색 헬멧을 쓴 아이들이 한 팔은 뒤로 쭉 뻗고, 한 팔은 코 옆에 바짝 붙여 세운 채 허리를 구부려 링크를 돈다. 호루라기를 목에 건 코치들이 아이들의 허리를 붙잡고 균형 잡는 법을 가르친다.

가끔 유리돔 형식의 거대한 천장을 올려다보면 유리를 통과한 햇빛이 얼음장까지 닿고 있었다. 환기를 위해 천장의 유리 몇 개가 빼끔히 열려 있을 때도 있다. 얼음에서 냉기가 얼굴에 번져와 열기를 식혀 주고, 차갑고 경쾌한 공기 덩어리가 기분 좋게 피부에 엉겨 붙기 시작한다. 갈 때마다 아이스링크는 이런 식으로 인사를 건네 온다.

위층에 있는 롯데월드 어드벤처에서는 요란한 행진곡이 울려 퍼진다. 세계 각국의 전통 의상을 차려 입은 행렬이 음악에 맞춰 춤을 추며 지나간다. 천정에는 테두리에 번쩍이는 전구를 단 모노레일이 천천히 움직인다. 저 모노레일 바구니 안에 담겨 롯데월드 내부와 빙판을 내려다본 적도 있었다. 욕망은 눈에서 시작되고, 특히 위에서 아래로 펼쳐진 풍경을 바라볼 때 극대치로 확장된다.

벤치에는 엄마들이 아이들 스케이트 타는 모습을 지켜보며 앉아 있다. 아이들은 상기된 표정으로 엄마에게 다가왔다가 다시 얼음 위를 달린다. 때로는 아이스링크 한가운데서 홀로 춤을 추는 내 모습을 그려 볼 때도 있었다. 그곳이 꼭 롯데월드 아이스링크일 필요는 없었을 것이다. 그 순간 내가 발견한 것은 내 안에 폭죽처럼 도사린 열정이었고, 발산할 곳을 찾지 못해 괴로울 지경인 젊음 그 자체였다. 롯데월드는 때로 생각지도 못한 강력한 에너지와 자극을 안겨 줬다. 이곳에서는 내 온몸이 경계가 됐다.

내가 앉은 옆 벤치에 방글라데시 혹은 파키스탄에서 온 듯한 남자들이 콜라를 마시며 얼음판을 향해 앉아 있다. 모처럼 휴일에 놀러온 모양이다. 링크장 안의 누군가를 가리키며 웃음을 터뜨리다가 사진을 찍는다. 그들의 손끝을 따라가 보니 그들의 동료가 슥슥, 얼음을 지치고 있다. 롯데월드 안에는 정말 월드가 있다. 세계가 이 안에 가지런히 평화롭게 정렬돼 있는 것 같다. 이런 풍경을 바라보는 것만으로 후딱 한 시간이 지나가곤 한다. 결코 지루하지 않다.

어째서 예나 지금이나 저 풍경에 마음이 끌릴까. 사람들이 원한 건, 그리고 내가 바란 것은 행복의 전이가 아니었을까. 이곳에서 얼굴을 찌푸리고 있는 사람은 없다. 간혹 무표정은 있을지언정 대부분 밝은 얼굴이다. 이곳에서 불확실한 것들은 잠시 사라지고, 스케이트를 타는 사람들을 바라보는 것만으로도 이 삶에 질서랄까, 안정된 공기를 느낄 수 있다. 세상에서 흔히 말하는 중산층의 삶이란 것이 시각화되어 펼쳐진다고 할까.

이곳 벤치에 혼자 온 적도 있지만 대부분은 동행이 있었다. 그때 우리에겐 시간과 열정이 있는 대신 무일푼이었다. 그래도 롯데월드에 자주 왔다. 지금은 돈을 벌지만 여기에 자주

올 시간과 열의가 없다. 세상은 그렇게 흘러가게 돼 있다. 그 때 우리는 불안정한 청춘의 시기를 함께 건너고 있었다. 아, 그런 날이 올까. 우리가 아이를 낳아 스케이트를 태우러 오는 날이 올까. 어떤 모험도 부질없다고 생각하는 그런 나이가 올까. 롯데월드에서 젊은 나는 어서어서 늙기를 바랐다. 어서어서 모든 걸 다 겪고 편안해졌으면.

롯데월드에서 보낸 모든 날들이 즐겁지만은 않았다. 세상 어느 곳에도 그런 장소는 없다. 어느 날 롯데월드에 함께 가던 사람에게서 유쾌하지 않은 소식을 듣는다. 나와 헤어진 뒤 다른 사람과 아이스링크에 갔다, 고 그는 말한다.

"그 애는 너만큼 거길 좋아하진 않더라."

그 사실을 굳이 내게 알려야 할 만큼 내가 미웠을까. 두 사람만의 추억의 장소를 허물어뜨려야 할 만큼? 젊음은 때때로 그처럼 유치하고 그처럼 절박하다. 내 유치함은 그의 의도를 고스란히 받아들인다. 나와 나누었던 고유한 행동이 하나의 패턴이 되어 바통 터치하듯 다른 사람에게 이어지는 걸 보는 일은 괴롭다. 그 벤치는 영원히 우리 두 사람만의 것이어야 할 것 같은데. 어쩐지 차갑게 내쳐진 기분이다. 그게 맞을지도 모른다. 우리는 괴물 같은 시간에게, 그리고 삶에게 영원히 실연당하는 신세일지도.

먼 열대의 나라를 헤매고 있을 때 롯데월드 시절의 그가 몇 번 꿈에 찾아온 적이 있었다. 그런 날 아침이면 가슴을 압박붕대로 힘껏 묶은 것처럼 호흡을 다스리기가 쉽지 않았다. 사원에 가서 기도를 하거나, 카페에 앉아 부치지 않을 엽서를 써야 하는 날이었다.

"후회하느냐고? 천만에. 아름다운 시절이었지. 우린 통과해 온 거야. 나는 통과해 왔다. 이 문장을 써 놓고 한참 바라봤어. 강가의 아침 안개처럼 축축한 서글픔과 대견함이 뭉뚱그려 고이더라. 과연 가능할까 싶었던 일이 현실로 이뤄졌지. 시간이 지나면 다 해결될 일을 그땐 왜 그리 조바심을 냈을까. 난 가끔 롯데월드 곳곳을 오체투지로 가 보면 어떨까 생각하곤 해. 우리를 그처럼 설레게 하고 쉽게 떠나지 못하게 하던 곳, 모든 욕망의 발화점이었던 그곳을 카일라스를 향하는 순례자처럼 가 보면 어떨까 하고. 사실상 그곳은 서울 시민과 관광객들에게 수미산이나 마찬가지로 경배받는 곳이지. 우리가 물질계에서 누릴 수 있는 모든 것이 구현된 곳으로. 그리고 또 궁금해. 네가 아이와 가족을 데리고 롯데월드를 가끔 찾는지."

롯데월드를 나오려면 양쪽에 늘어선 쇼핑몰을 거슬러 가야 한다. 눈부시게 불을 밝힌 탄광 같은 이곳은 사람들의 눈을 쉬지 못하게 만든다. 그래서 롯데월드에 다녀온 날은 유난히 피곤한 건지도 모르겠다. 누군가에겐 추억의 성소, 또 누군가에겐 청춘의 유적지인 곳. 내 청춘의 타지마할, 열정의 무덤. 이 도시의 곳곳은 타인의 기쁨과 눈물로 얼룩진 사화산이다. 계단 밖으로 나오면 잘 정비된 아파트가 보인다. 울타리 옆에서 노숙자들이 때 묻은 점퍼를 입고 잠들어 있다. 롯데월드에서 도시의 평균치 여가를 누린 것 같은 얄팍한 만족감 따위는 순식간에 흩어진다. 이곳은 롯데월드 안에 있는 매직 아일랜드가 아니다. 리얼 월드다. 세계 최대의 실내 공원으로 기네스북에 올랐다는 롯데월드를 건너편에서 바라본다.

저곳이었구나. 지하 깊숙한 곳에서 인공 자궁처럼 우릴 품어 주던 곳이.

시인 김소월이 "산에 산에 피는 꽃은 저만치 혼자서 피어 있네" 하고 노래하던 심정으로 화창한 구조물을 바라보고 또 바라본다. 롯데월드는 저만치 떨어져서 홀로 피어 있다. 나는 발끝에 힘을 모아 롯데월드의 자장에서 벗어나 걷기 시작한다. 너와 나는 이미 정오의 안개처럼 사라지고 없는데 롯데월드만이 건재하다. 그것이야말로 롯데월드가 들려주고 싶은 팡파르, 또는 인생의 메아리인지도 모르겠다.

⁕

사랑의 호황기와

불황기에 대하여

사람 사이의 관계에도 일종의 경기순환적인 사이클이 존재한다. 호황기가 있으면 불황기가 있다. 이를테면 이제 막 사랑을 시작한 연인들은 호황기에 접어들었다고 할 수 있는데, 이때 주고받는 대화는 당사자들에겐 천지창조에 버금가는 폭발력을 지닌다.

"누가 먼저 시작했지?"

"누가 먼저랄 것도 없이."

"어쩌다 이렇게 됐지?"

"나도 모르게."

이런 대화는 인생에서 사람과 사람이 나눌 수 있는 가장 아름다운 대화 목록 가운데 하나로 1인용 기네스북에 등록된다. 잊으려야 잊을 수 없다. 인생의 절정에서 서로가 서로에게 줄 수 있는 최상의 선물을 주고받았음을 그들은 아직 모른다. 아니, 몰라야 한다.

그들은 헤어졌다 몇 년 뒤 우연히 다시 만난다 해도 처음처럼 똑같이 사랑에 빠질 거라고 단언한다. 다시 만나는 순간 서로에게 매혹되지 않고는 견딜 수 없을 거라고. 그러나 세월이 흘러서야 깨닫는다. 그때 그런 대화를 나눌 만큼 서로에게 빠져 있었음을.

이제 시간이 흘러 불황기가 닥친다. 서로 다른 점 때문에 끌렸는데 나중에는 그 점 때문에 견딜 수 없어 한다. 둘은 마음에 피가 흐르도록 다툰다. 나중에 돌이켜 보면 무엇 때문에 싸웠는지 기억도 나지 않을 만큼 사소한 이유로 전쟁을 치른다. 아직 젊디젊어서 불안정한 시기이기에 아주 작은 우연도 무시무시한 마법을 발휘해 전혀 다른 방향으로 운명을 몰아갈 수 있다. 전쟁은 아프다. 전쟁은 싸늘하다. 얼굴에서 핏기를 몰아낸다. 그 전투마저 사랑의 일부임을, 그리고 사랑도 노력해서 가꿔야 하는 신성한 노동임을 깨닫기엔 피가 너무 뜨겁다. 마침내 두 사람은 이별이라는 종착역에 이른다.

시간이 지나면 연인은 연인이 아니라 전우로 기억된다. "전우여……" 하고 부르면 왠지 코끝이 찡해진다. 막상 장렬하게 싸우고 싶었던 상대는 인생 그 자체였는데, 엉뚱하게 한 사람을 과녁에 세워 놓고 자존심, 열정, 애정, 신뢰를 요구하며 양쪽을 다 황폐하게 했음을 알게 된다. 어린아이가 무엇인가를 가지고 싶어서 고집을 부릴 때, 몽골의 유목민들은 아이에게 손바닥을 쫙 펴 보라고 말한다. 아이는 영문을 모른 채 손바닥을 편다.

"이제 손바닥을 깨물어 보렴."

아이는 쫙 편 손바닥을 깨물어 보려고 얼굴을 찡그린 채 입을 오물거린다. 혹시 이걸 성공하면 제 말을 들어주지 않을까 싶어 열심이다. 그러나 아무리 여러 번 시도해 봐도 되지 않는다. 엄마 아빠는 이 모습을 보다가 웃음을 터뜨리며 말한다.

"사람이 살면서 모든 것을 가질 수는 없는 법이란다. 갖고 싶은 게 아무리 손에 잡힐 듯 가까이 있다고 해도 말이야."

사랑도 이와 같다. 애당초 손바닥은 깨물기 좋게 생기지 않았다. 내 손바닥도 깨물지 못하거늘 상대의 손바닥이야 말해 뭣하랴. 전쟁 같은 사랑이 지난 뒤에야 손바닥과 손바닥은 서로 마주 잡기 좋게 생겼다는 걸 깨닫는다.

✳

사랑이 아니어도

좋은 그들

이슬람 신비주의인 수피즘 철학에 따르면, 행복을 얻는 방법 가운데 으뜸가는 것은 벗들이나 사랑하는 사람들과 함께 앉아 있는 것이라고 한다. 앉아서 음식이나 차 한 잔을 나눠도 좋고, 꽃대가 올라오는 모란이나 철쭉을 바라봐도 좋을 것이다. 뺨과 어깨를 토닥이며 지나가는 바람을 함께 느끼고 자잘한 일상을 사심 없이 나눈다. 얼굴은 편안하고 표정은 소박하며 긴장할 필요도 없다. 설사 아무 말 없이 앉아 있다 해도 불편해하거나 조바심칠 일도 없다. 간간이 일 얘기가 나오기도 하지만 성과나 결론을 내야 하는 회의와는 다르다. 사람들 사이를 순환하는 공기는 부드럽고, 웃음과 한숨, 침묵이 과장되는 법 없이 단순하게 넘나든다. 더 말해 뭐할까. 이것이야말로 행복이다.

미혼인 후배 하나가 이런 말을 한 적이 있다.

"난 평생 사랑하지 않고 살 거야. 그렇게 됐으면 좋겠어."

평생 연애만 하겠다는 사람은 봤어도 이런 다짐은 처음 들었다.

"왜?"

"사랑하면 다신 못 보게 되잖아."

"평생 보는 사랑을 하면 되지."

"아냐. 다시 못 보게 될 확률이 높아. 난 좋아하는 사람을 오래오래 보고 싶어."

상처받을까 봐 미리 자아의 성채에 자물쇠를 채우는 거라고, 완전한 사랑에 대한 환상 때문에 현실의 사랑을 거부하는 거라고, 말하려다 입을 다물었다. 다시는 만날 수 없게 된 이들이 떠올라서였다. 문득 입안에 고이던 쓰디쓴 침.

사랑을 시작할 때 선택권이 있다면 어떨까. 몇 년 동안 사무치게 사랑하다가 평생 못 보게 되는 경우와 담백하게 인연을 이어가며 오래오래 그이의 삶을 지켜보는 것 가운데 하나를 선택할 수 있다면……. 토네이도의 중심에서 엄청난 압력으로 하늘로 끌려가듯 어쩔 수 없이 휘말리는 것, 그 회오리 속에서 산산조각이 나리란 걸 알고도 속수무책인 것, 그런 게 사랑이라고 생각하던 나로선 선택권을 발휘할 수 있다는 발상이 신선하게 다가왔다. 아, 그런 사랑도 있을 수 있겠구나. 마음을 한꺼번에 소진하지 않고 천천히, 오래오래 아껴 가며 서로의 삶을 지켜보는.

이런 사랑에 가장 가까운 것이 우정이 아닐까 싶다. 원하는 것이 없는 사랑, 그래서 영혼의 가장 높고 바람직한 경지라고 헤르만 헤세가 말했던 바로 그 우정. 세속의 사랑이 총천연색 화면에서 출발했다가 점점 흑백 화면으로 변해 가는 것이라면, 우정은 흑백에서 시작해 해가 갈수록 색채가 뚜렷해진다. 그러면서도 시간 앞에서 돌이킬 수 없게 훼손되기 쉬운 사랑보다는 은은하고 담백하다. 우정은 사랑은 사랑이되 그야말로 담백한 사랑이라고 해야 할 것이다.

우정이 없었다면, 내가 만난 그 많은 인연들의 힘이 아니었다면 삭막한 세상살이를 어떻게 견뎠을까. '전생의 일이 아득하여 알 수 없는데 인연을 말하려니 창자가 끊어지는 것 같다'던 당나라 원택 스님의 말이 새삼스레 가슴에 사무친다.

처음에는 이 사회가 정한 불문율, 이를테면 나이, 학번 같은 눈에 보이지 않는 서열로 얽혔으나 지금은 인생의 친구처럼 허물없는 사이가 된 사람들. 그리하여 애초에 우리가 만났던 기원을 까마득히 잊고 서로 앞서거니 뒤서거니 영혼의 성장을 이끌어 준 사람들. 그들과의 만남은 늘 술자리가 배출한 결과물이기 일쑤였다.

나보다 고작 몇 살 많을 뿐인데 부모 마음자리로 한없는 관용을 보여준 S언니. 사람을 단번에 무장해제 시키는 순박함과 재치 넘치는 입담 덕분에 그녀 주변에는 항상 사람이 들끓었다. 그녀와 함께한 술자리에서 나는 많은 인연들을 이삭줍기하듯 거저줍다시피 했다.

M도 그 가운데 한 명이고, J, H, P…… 고구마 줄기 딸려 나오듯 명단은 끝없이 이어진다. 특히 M. 처음 만났을 때부터 M은 무척 인상적인 캐릭터였다.

"너 누구니?"

팔짱을 낀 채 내 앞에 버티고 서서 물었던 M. 이게 웬 철학적인 질문인가. 강적일세. 표정과 태도만 봐서는 코 묻은 돈을 노리는 불량 학생 모양새여서 나도 모르게 몸이 움츠러들었다. 이름만 간신히 말했을 것이다. 그러자 다음에 이어진 질문.

"몇 살인데?"

나이를 밝히자 그제야 냉랭하던 M의 얼굴에 웃음기가 돌았다.

"나보다 한 살 적네. 언니라고 불러."

나중에 알고 보니 태어난 연도만 다를 뿐 겨우 몇 개월 차이에 불과했다. 그러나 M에겐 큰 차이였다. 네가 포대기에 싸여 엄마 젖 먹고 있을 때, 난 앉아서 이유식 먹었어. 네가 겨우 걸음마 뗄 때, 난 뛰어다녔다. 몇 개월이면 밥 그릇 수가 얼만데. 그대에게 그게 중요하다면야……. 나는 언니라고 부르라는 M의 말에 즉각 승복했다.

"네, 언니."

흐뭇해하던 M. 칠공주파의 일원일 것 같은 첫 인상과 달리 그녀는 정 많고 속 깊은 여인네였다. 만약 처음부터 친구로 연을 맺었다면 때때로 감당하기 힘들었겠지만, 다행히 자매의 의를 맺었기에 대체로 우리 관계는 순조로웠다. 그녀는 진짜 언니 노릇을 톡톡히 했고, 어느 순간 정신을 차렸을 땐 이미 물릴 수 없을 만큼 그녀를 많이 의지하고 있었다.

M이 결혼해 방배동에 신접살림을 차렸을 때 주변 인연이 총출동해 떠들썩한 집들이를 했다. M은 산 좋아하는 산꾼에

사람 좋아하는 사람꾼에 술 좋아하는 술꾼이었다. 지금까지 M만큼 술 잘 마시는 여자를 본 적이 없다. 새벽에 하나둘 전사하는 무리를 챙겨서 재운 뒤에도 그녀는 내처 술을 마셨다. 그리곤 고작 한두 시간 눈을 붙였다가 아침에 쌩쌩한 얼굴로 출근했다. 부러워라. 저 짐승 같은 체력. 나는 혀를 내두르곤 했다. 집들이 날은 더했다. 아예 소주와 맥주를 상자째 사다 놓고 우리를 맞이했으니까. 그날 나는 진정한 술꾼의 모습을 보는 영광을 누렸다. M이 별일 아니라는 듯 가볍게 툭 던진 말 때문이었다.

"집안에 쌓인 소주병, 맥주병을 가게에 팔았더니 세제 큰 것 한 통 값이 되더라고. 그거 들고 오는데 진짜 기분 죽이더라."

세상에, 기껏해야 빈 병 하나에 30~50원인데 대체 얼마나 모았기에 세제 한 통을 살 수 있었을까. 어렸을 땐 별 게 다 부럽고 대단해 보였다.

젊은 우리는 하루가 멀다고 만났고, 자리를 잡고 앉기가 무섭게 다음 만날 계획을 세우기에 바빴다. 명분도 다양했다. 북한산에 올라 도토리를 주우며 건강을 도모하자, 섬진강 도보 여행을 떠나자, 좋은 술집 알아 놨으니 거기서 한번 뭉치자. 도토리를 찾아 산기슭을 헤매고 다니는 하이에나가 되어 기껏 폐를 깨끗하게 해 놓은 뒤에는 질펀한 뒤풀이로 후유증을 더 깊게 만들었다. M이 사교술을 발휘해 사귀어 놓은 술집 주인이 생기면 우리도 곧 너나들이를 하며 친해졌다. 그 많은 술자리들, 우리가 치른 술값만 모았어도 술집 하나는 너끈히 차렸을 것이다.

술자리에서 우리는 정치와 예술, 여행, 산에 관한 얘기를 종횡무진 이어갔다. 그럴 때는 제법 문화 살롱 같기도 했다. 그러고도 기운이 남으면 군용 담요를 깔고 점수내기 화투 패를 돌렸다. 잡기에 재주도 승부욕도 없는 나는 그런 자리에서 공공의 놀림거리가 되곤 했다. 내 딴에는 고심 끝에 결정한 건데, 패만 내놓으면 야유가 뒤따랐다. 내가 들고 있는 패를 어떻게 운용할지도 감이 안 서는데, 하물며 다른 사람의 패를 읽기란 불가능한 일이었고 그럴 여유도 없었다. 나는 늘 피박을 당하기 일쑤라 흡혈귀처럼 "피가 모자라, 피가 모자라. 피 좀 줘"를 입에 달고 살았다. 점수가 나기는커녕 마이너스 수백 점을 기록하기 일쑤였으나 내게도 비장의 무기는 있었다. 바로 어떤 구박과 놀림에도 화를 내지 않는 꿋꿋함이었다. 나는 사람이 좋아서, 라고 우긴 반면 무리의 생각은 달랐다.

"무슨 소린지 알아듣지 못해서 그래. 멀쩡한 사람 같으면 청단 두 장을 확보한 사람한테 파란 띠를 내주고 저렇게 천연덕스럽게 있을 수 있겠냐?"

"그러게. 뭘 알아야 화가 나지."

이런 나도 어쩌다 점수가 날 때가 있었는데, 그럴 때면 애써 폄하하기 바빴다.

"소 뒷걸음치다 쥐 잡았네."

"깨가 천 번을 굴러 봐라. 호박이 한 번 구르는 거에 당하나."

이를테면 나는 깨고, 자신들은 호박이란 거였다. 그런 자리에서 오가는 재담은 어찌나 활기차고 거침없던지. 나는 허리를 꺾고 웃어 댔다. 그러면 또 갑론을박 말들이 많았다.

"좋단다. 하여튼 성격도 좋아."

"뭘 내놓을지 모르니까 스릴 있잖아. 근데 연구 대상감이긴 해."

그렇게 저물어 가던 청춘의 밤과 새벽들.

그 사이사이 나는 인도와 네팔, 티베트를 다녀왔고 M은 직장을 몇 차례 옮겼다. S언니는 동화 작가 겸 번역가가 되어 눈만 뜨면 아이들 책과 영어 원서를 붙잡고 살았다. 우리는 서로의 이사 날을 기억했다가 찾아가서 방이라도 한 번씩 닦아주곤 했다. 사소한 오해로 서운해하다가 술 한 잔에 털어 내고 웃었던 적은 또 몇 번이었던가. 우리는 서로의 청춘을, 그 유난스런 곡에 넘기를 고스란히 지켜본 목격자였다.

M은 내가 배낭을 꾸릴 때면 넉넉하지 않은 살림에도 쌈짓돈을 털어서 찔러 넣어 주었고, 책을 펴내면 자기 일처럼 기뻐하며 주변에 선물하고 다녔다. S 언니는 말할 것도 없었다. 내가 무엇인가를 계획하면 그 계획의 허술함을 지적하기보다 긍정과 낙관의 힘으로 격려해 주었다. 그리고 끝까지 믿어 주었다. 나를 키운 건 팔 할이 사람이었고, 그들이 나눠 준 온기였다.

우리가 짐을 꾸려 충북 영동의 민주지산으로 1박 산행을 갔던 날이 생각난다. 민주지산에 무인산장이 있다는 정보를 들은 J의 선동으로 떠난 길이었다. 산장에서 샘이 멀다기에 물까지 짊어지고 떠났던 산행. 산길에 들어서자마자 눈이 내리기 시작했고, 우리는 얼어붙은 산길을 거의 기다시피 해서 한밤중에야 산장에 도착했다. 일곱 평쯤 될까 싶은 아담한 크기의 산장은 텅 비어 있었다. 남자들이 산장 아래로 내려가 장작을 날라다 무쇠 난로에 불을 지폈다.

우리 외에는 아무도 없는 고요한 산 속에서 양념한 쭈꾸미를 구워 먹던 시간. 무릎을 다쳐 응급처치로 피를 뽑아내야 했던 J. 그런 순간에 산꾼들은 얼마나 민첩하고 유능하던지. 사혈침을 여러 군데 찌른 뒤 휴대용 등산 컵을 불에 소독해 공기를 뺐다. 그런 뒤 부황을 뜨듯 상처에 붙여 놓자 쿨렁쿨렁 쏟아져 나오던 검붉은 피. 그 밤에 우린 또 술잔을 기울이며 그 산을 독차지한 채 함께 있다는 기쁨에 몸을 떨었다. M의 씩씩하면서도 세심한 배려. S 언니와 H의 재담. 일행이 추울까 봐 잠을 설쳐 가며 밤새 난로에 장작을 넣던 Y. 덕분에 새벽녘엔 침낭을 걷어차고 잘 만큼 실내가 후끈했었다. 새벽에 홀로 산장 밖에 나와 마주쳤던 눈꽃들과 희디흰 고요. 바람 한 점 없이 눈을 덮은 채 잠들어 있던 산.

일본의 수필가인 요시다 겐코가 말했다. "바람에 날려 떨어지는 꽃잎보다 더 가볍다고 하는 사람의 마음을 믿고 정을 나눈 세월을 생각하면 감회가 새롭다"고. 하지만 난 우리가 나눈 것들은 어느 것 하나 사라지지 않고 그대로 우리 곁에 있다고 믿는다. 그것이 우리를 살게 하는 힘이 되어 준다고.

젊어서는 주로 서로의 집과 술집, 나라에 일(?)이 있을 때 시청과 광화문 광장에서 만났지만 세월이 흐르자 우리는 어느덧 서로가 인생의 증인이 돼 줬다. 그 사이 M은 별거와 이혼을 차례로 겪었다. S 언니는 몸이 아팠고, J는 집안의 크고 작은 일들과 장남의 책임감에 짓눌려 있었다. 우기에만 넘치는 사막의 간천처럼 기쁨은 잠시였고, 삶이 근원적으로 안겨 주는 고통은 한여름 햇빛처럼 짱짱했다. 그것이 우리가 살고 있는 세계의 실상이었다. 기쁨도 슬픔도 영원하지 않다는 것. 우리는 저마다 쓰라린 환부를 감싸 안은 채 앞서거니 뒤서거니 마음이라는 섬세한 심리학의 체험을 나누는 사이로 진화해 갔다.

앞일. 앞일에 무엇이 다가올까. 내 주변에 유난히 싱글이 많아서인지 자연스럽게 미래의 일을 떠올려 볼 때가 있다. 같은 동네에 사는 드라마 쓰는 N 언니도 싱글인데, 가끔 글을 쓰다 지치면 사람들을 불러서 먹고 마시며 얘기 나누는 걸 즐긴다. N 언니와 더불어 얘길 나누다 밤을 샌 적도 부지기수. 살면서 부딪친 온갖 장애물과 상처들이 무엇을 의미하는지, 무엇을 배우고자 한 경험이었는지 살피는 일은 늘 흥미진진해서 쉽게 자리를 떨치고 일어서기가 힘들었다.

어느 날 차를 타고 가는데 N 언니가 몹시 뿌듯한 얼굴로 말을 꺼냈다. "우리 나중에 같이 모여 살기로 했다. 시골 가면 빈 집 많잖냐. 붙어 있으면 싸우니까 걸어서 5분쯤 떨어진 거리에 사는 거야. 일 있을 때만 서울 가고. 각자 집에서 일하면서 밭농사도 짓고, 공부도 같이 하고, 모여서 수다도 떨고……. 어떠냐. 좋겠지? 너도 같이 가지 않을래?"

실행 여부를 떠나서 N 언니의 제안이 어찌나 고맙고 든든하던지.

나는 결혼을 선택하지 않은 이들이 많은 우리 세대가 더 나이를 먹으면 공동체 운동이 활발히 일어나리라고 일찌감치 예상했다. 1인 가구의 미래는 그렇게 귀착될 것이라고. 설사 결혼한 이들이라고 해도 이제는 자식에게 노후를 의탁하겠다는 사람은 거의 없다. 자식을 잘 키우고, 노후에 자식에게 짐이 되지 않는 것. 자신과 배우자의 삶까지 자력으로 끝까지 책임지기. 이런 강박 때문에 삶이 더 치열해질 수밖에 없는 게 우리의 현실이다.

내 것, 네 것의 소유 개념을 완전히 없앤 '행복회 야마기시회' 같은 공동체든, 각자의 공간과 소유를 인정하되 공동 생산과 공동 분배를 원칙으로 하는 공동체든, 앞으로는 다양한 공동체 실험이 더 왕성하게 일어나리라고 생각한다. 각개전투로 맞서 살다가 인생의 후반에 모여 서로를 보살피고 아름다운 마무리를 도모하는 꿈은 1인 가구의 불안한 미래를 치유해 주기에 충분하다. 환경과 생태, 더불어 사는 삶, 영성에 대한 관심의 끈을 놓지 않는 공동체. 그러면서도 개개인의 자유로운 비상을 힘껏 응원하고 북돋워 주는 공동체. 침묵의 은거와 친밀한 모임이 조화를 이루는 공동체. 상상만으로도 마음이 푸근하게 차오른다.

우리 중 누군가는 새로 가족을 이루기도 할 것이다. 그런들 어떠랴. 가족을 이루면 이루는 대로 가족에 대한 책임을 다하고, 혼자이면 혼자인 대로 삶의 의무를 다하다가 어느 시점에 모이는 거다. 이제는 가족의 개념을 새로 정립해야 하지 않을까. 우리는 습관적으로 '우리 가족'이라고 하지만 실은 '내 가족' 중심주의로 살아왔다. 그것이 종종 '내 아이만은', '내 가족만은'으로 신념화 돼 가족 이기주의로 변질되기 십상이었다. 이제는 지구 차원에서 모든 생명에 책임감을 지니는 진짜 '우리 가족' 정신을 지녀야 할 때다. 비록 피를 나누지는 않았으나 뜻, 마음, 정성을 함께 나눈다면 그게 바로 가족이 아닐까. 대안 가족이라 부르는 이런 가족 형태가 우리 사회에 들불처럼 번져 나갈 때, 불안한 미래 때문에 더 쌓아 두려고, 더 빨리 가려고 피를 흘리는 상처의 악순환도 멈출 수 있으리라 생각한다.

우리가 걸어온 시간보다 길게 남아 있는 여로를 생각한다.

젊음의 한때 만나 이어진 인연이지만, 존재의 깊숙한 안쪽까지 변화시키며 가는 길. 상대를 잃을까 염려하지 않고 담담하고 담백하게 서로의 인생을 지켜보며 가는 길. 그 길에 함께 있어 행복하다. 그리고 참으로 고맙다.

삶의 불친절에 대처하는 법

잔뜩 껴입고 긴장한 채 밖에 나섰는데 생각보다 견딜 만한 추위일 때, 운전 중에 내 전화를 받고 잠시 차를 세우는 이가 전화기 저편에 있을 때, 쓸쓸함과 적막 속에 겨우 잠들었는데 빈 나뭇가지에 걸린 아침 햇살에 마음의 티끌이 깨끗하게 지워질 때, 고요한 희열이 온몸에 퍼진다. 기대하지 않았기에, 아니 삶에 대한 기대치를 한 켜 낮췄기에 찾아오는 보석 같은 순간들이다. 춤추는 별을 낳기 위해 끝없이 바닥으로 몸을 던져야 하는 삶 속에서 드물게 찾아오는 이런 순간에 나는 기적처럼 생의 의욕을 되찾는다.

지금껏 읽은 소설 가운데 가장 인상적이었던 첫대목을 꼽

으라면 아모스 오즈의 『나의 미카엘』을 들겠다.

내가 이 글을 쓰는 것은 내가 사랑하던 사람들이 죽었기 때문이다. 내가 이 글을 쓰는 것은 어렸을 때는 내게 사랑하는 힘이 넘쳤지만 이제는 그 사랑하는 힘이 죽어 가고 있기 때문이다. 나는 죽고 싶지 않다.

처음 읽었을 때도 그랬고, 읽을 때마다 새롭게 다가오는 문장들이다. 책을 쓸 당시 서른 살 안팎이었던 소설가가 삶의 진실을 적확하게 간파한 것이 놀라워 소름이 돋는다. 돌이켜 보면 늘 그랬다. 사랑하는 힘이 질식해 있을 때면 데쳐 놓은 부추처럼 만사가 시들해지고, 어제와 다른 날이 펼쳐지리란 기미를 어느 곳에서도 찾기 힘들었다. 미디어가 전하는 뉴스는 한결같이 요령부득의 절망을 암시하는 듯하고, 끼니가 다가오는 것마저 권태롭게 느껴지는 순간이란 말할 것도 없이 내 안의 빛이 사그라지던 때였다.

죽음이 다른 것일까. 내 안의 불꽃이 야위어 가는 것이 감지된다면 그거야말로 명확한 신호가 아닐까. 차가 밀리고, 생필품 값이 오르고, 일은 계획대로 풀리지 않은 채 중압감은 커지고, 현실은 무엇 하나 만족스러운 것이 없다. 끔찍한 것은 내일도, 내년도, 그 다음 해에도 이런 일이 계속되리란 사실이다. 아마 더 심각해지겠지. 미래에 대한 묵시록적인 예감이 오늘의 나를 갉아먹는 것 같을 때, 나도 모르게 『나의 미카엘』의 화자가 되어 되뇐다. '나는 죽고 싶지 않다'라고. 아무리 생각해도 '어렸을 때는 넘치도록 풍요로웠던 사랑하는 힘이 이제는 죽어 가고 있다'라고 고백하는 일은 무섭고도 슬픈 일이다. 나는 죽고 싶지 않다. 아직은.

내 경우 그런 위기는 대부분 '감사하는 힘'을 잃었을 때 시작됐다. 사랑할 수 있는 힘이란 곧 감사할 수 있는 힘에 다름 아니기에 그 둘은 한 몸으로 연결된 생명체처럼 서로 영향을 미친다. 여행과 마음공부의 공통점이 있다면 과거의 자신을 뒤로 하고, 자신 안에 숨어 있는 광맥을 발견하는 일일 것이다. 그렇다. 그것은 발견이다. 원래부터 있었지만 어둠과 어리석음에 가려 보이지 않았던 소중한 빛을 발견하는 일.

여행지에서는 입에 맞는 한 끼니의 식사, 지친 몸을 눕힐 수 있는 침대 한 칸, 마실 물 한 병, 따가운 볕을 가려 줄 모자처럼 사소한 것들만 충족 돼도 그날치 행복의 눈금이 차오른다. 익숙하게 누리던 문명에선 머리 꼭대기까지 차올라 있던 행복의 기대치가 발꿈치 밑으로 겸허하게 내려온다고 할까. 간소한 식사와 쥐똥이 뒹구는 꼬질꼬질한 침대라 할지라도 여행지에서 나는 자주 행복했다. 행복감은 내가 쓰는 말에도 배어들어서 고맙다는 말이 숨 쉬는 것처럼 자연스럽게 흘러나왔다. 기차 여행 중에 현지인들이 점심 도시락을 풀어 내게 한 조각을 건넬 때, 국립공원을 가로지르는데 버스 운전사가 앞에 지나가는 사슴을 보라고 속도를 줄인 채 내게 손짓해 줄 때, 가슴에 울리는 감사의 에너지는 깊고도 깊었다. 내 안에 사랑하는 힘이 보름달처럼 부풀어 오르는 행복한 시간들이었다.

첫 여행을 마치고 돌아와 맞은 여름에 집이 수해를 입은 적이 있었다. 지대가 높고 1층이었기에 내심 안심하고 있었더랬다. 그러나 축축한 밤을 지낸 뒤 아침에 욕실에 갔다가 아연실색하고 말았다. 보일러실에 물이 들어차, 욕실을 지나 주방과 맞붙은 다용도실까지 물이 흘러들고 있었던 것이다. 빗줄기는 아침까지 거세게 퍼붓고 있었고, 내 방도 게릴라성 집중호우의 공격을 피해갈 수 없었다. 전국 곳곳에서 도로가 끊기고 계곡의 물이 넘쳐 사람이 실종된 것에 비하면 아무것도 아니지만, 당장 실내에 넘실대는 물줄기를 마주하니 순간적으로 정신이 아득해졌다.

한참 뒤 정신을 차리고 물을 퍼내기 시작했다. 물은 지반이 약한 시멘트 밑바닥을 통해서 솟아났고, 벽면을 타고도 흘러내렸다. 비가 그치지 않는 한, 물 퍼내기 작업은 끝이 없어 보였다. 다용도실이 넘치면 바로 붙은 주방이 타격을 입고, 그 다음 차례는 방일 터였다. 처음에는 세숫대야로 퍼냈다. 물의 표면을 밀쳤다가 얼른 담아서 욕실로 붓자니 얼마 지나지 않아 어깨가 뻐근해졌다. '이거 운동 좀 되겠는데.' 갑자기 샘이 되어 버린 실내 공간에서 나는 한동안 물 퍼내는 일에 온통 정신을 집중했다. 단순 작업은 근육의 피로를 불러온다.

그런데도 그때나 당시를 회고하는 지금이나 서글프다는 느낌은 전혀 없다. 사실을 말하자면, 가재도구가 완전히 물에 잠기지 않는 것에 안도한 나머지 감사의 마음까지 우러났다. 물의 수위가 낮아지면 쓰레받기로 끌어 담아 버렸다. 낮은 수위의 물을 퍼내는 데는 쓰레받기만한 도구가 없다. 바닥에 착 밀착해 물이 끌어올려지기 때문이다. 황망한 와중에도 그 사실을 발견했다는 것이 기뻤다.

물 퍼내는 일을 반복하면서 어느새 단순한 손목의 놀림을 즐길 수 있게 됐다. 사람은 단순한 동작을 반복할 때 오히려 사유가 풍요로워진다. 명상의 순간과 별 다를 바 없는 고요한 시간이 이어졌다. 비가 내린다. 물이 고인다. 그리고 그 물을 퍼낸다. 쉴 새 없이 배어 나오는 상념과 바닥에 고인 물은 닮아도 너무 닮은 꼴 아닌가. 물을 퍼내면서도 나는 명랑 쾌활한 1인 가구였다.

삶은 때때로 불친절하고 잔인하다. 누군가는 집을 잃고, 가족을 잃는데 나는 겨우 다용도실을 빗물에 점령당했을 뿐이다. 내게는 다행히 쓰레받기가 있고, 튼튼한 손목이 있다. 문제가 생기면 내가 가진 것 안에서 해결할 수밖에 없다는 것을 나는 여행을 하면서 뼈저리게 배웠다. 세상살이의 누추함에 압도당하지 않을 수 있었던 힘은 여행을 통해 어지간한 불편 정도는 개의치 않을 만큼 갑작스러운 삶의 불친절에 익숙해졌기 때문일 것이다.

인도나 네팔에서 여름철에 이동하다 보면 불현듯 끊긴 길과 마주칠 때가 있다. 우기에 내리는 비는 작은 돌멩이라도 품고 있는 듯 맞으면 아프다. 그만큼 거칠고 세차게 내린 비에 포장도 안 된 산길이 무사할 리 없다. 폭우로 바위와 흙더미가 무너져 내려 길이 가로막히거나, 바로 옆은 천길 낭떠러지인데 길이 휩쓸려 나가 갑자기 길과 길 사이에 허공이 생기게 마련이다. 이럴 때는 방법이 없다. 그저 하염없이 기다릴 수밖에 없다. 그렇다고 출발했던 곳으로 돌아가는 법도 없다. 언젠가는 일이 해결될 것이고, 다만 그게 언제일지 아무도 모를 뿐.

한 번은 인도 북부의 스피띠라는 오지 마을로 가는 길에 무너진 흙산과 마주친 적이 있다. 포클레인이 있는 마을에 가서 기계를 가져올 때까지 아홉 시간을 버스 안에서 기다려야 했다. 이 정도면 빠르게 해결된 경우라 하겠다. 길 아래 낭떠러지 밑으로는 회색빛 강물이 무섭게 소용돌이치고, 비가 온 뒤라 기온이 떨어져 가만히 앉아 있어도 온몸이 떨렸다. 마침내 포클레인이 도착해 끊긴 길을 다시 만들어 낼 때까지 좁은 도로 위를 서성이거나 버스에서 억지로 잠을 청해야 했다. 그래도 누구 하나 불평하는 사람이 없었다. 어쩔 수 없는 일은 받아들이기가 훨씬 쉽다. 이럴 때 인생이 불공평하다고 투덜대거나 길이 끊기기 직전에 그 길을 통과한 버스의 여행자를 부러워한다면 그보다 더 자신을 망치는 일은 없을 것이다. 만약 그 길이 무사했다면 황막한 산의 그림자와 잿빛 하늘을 가로지르는 독수리의 날갯짓, 사람들의 체취와 뒤섞여 풍기던 비릿한 비 냄새가 아직도 기억에 남아 있을 리 없다. 여행은 신속하게 완성되었을 것이고, 뭔가를 찾고 열망하던 내 젊은 날의 그림자를 붙들며 무릎에 얼굴을 묻는 시간도 없었을 것이다.

간신히 도착한 스피띠 마을에서 며칠을 보낸 뒤에 빠져 나오는 길도 순탄치 않았다. 출발한 지 두 시간쯤 지났을까. 버스가 갑자기 황야 한가운데 우뚝 섰다. 기사가 내려 버스 아래로 들어가 살펴보았다. 그러더니 한참 뒤 부속품에 나사 하나가 빠져 정상 운행이 어렵다고 선언했다. 승객들 사이에서 낮은 탄식이 흘러나왔다. 운전기사는 반대 방향에서 오는 차를 얻어 타고 나사를 구하러 떠났다. 수십 명 승객의 발을 묶어 놓은 것이 겨우 나사 하나라니, 삶은 그처럼 잔인한 비유로 가득 차 있었다.

우리는 땡볕 아래서 네 시간을 서성였다. 멀리서 먼지 구름이 일어 우릴 버리고 간 기사가 왔나 목을 빼들고 쳐다보면 엉뚱한 차가 씽, 지나가곤 했다. 차가 한 대씩 지나갈 때마다 희망이 빵처럼 부풀어 올랐다가 다시 절망과 탄식으로 변했다. 어쩌겠는가. 운전사와 나사가 돌아올 때까지는 도리가 없었다. 나는 바느질감을 꺼내 해진 겉옷의 솔기를 꿰맸다. 고원의 햇빛을 받아 자그마한 바늘이 산산이 부서질 듯이 빛났다. 인도인들이 아이들까지 데리고 와서 내 앞에 쭈그리고 앉아 바라보았다. 마치 바느질하는 사람을 태어나서 처음 보는 것처럼. 아, 왼손으로 바느질하는 여자는 조금 희귀한 구경감이었을 수도 있겠다.

하지만 바느질감은 이내 동이 났고, 슬슬 배가 고파 오기 시작했다. 이른 아침에 출발했는데 이미 시간은 오후가 돼 있었다. 언제까지나 마냥 기다릴 수만은 없었다. 결국 기다림과 한낮의 열기에 지친 사람들은 지나치는 차를 세워 하나 둘, 떠났다. 나도 몇몇 승객과 함께 버스를 세워 간신히 짐짝처럼 구겨진 채 긴 여정을 서서 와야 했다. 나사를 구하러 간 운전기사가 결국 언제 돌아왔는지는 영원히 알 길이 없다. 버스비만 날린 셈이었다.

여행지에서 버스와 기차, 비행기가 몇 시간 또는 며칠 연착되는 일은 너무 많아 다 기록할 수도 없다. 불편함이 일상이 된 곳에서 서울로 돌아왔을 때, 어떤 의미에서 이 거대 도시는 하나의 축복이었다. 몇 달만 지내다 보면 다시 이곳을 못마땅해하고 저주할 테지만, 적어도 여행에서 이제 막 돌아온 신참 귀환자에겐 문명의 모든 혜택이 기적처럼 다가왔다. 인도 여행에서 만난 어느 독일인 여행자의 말이 생각난다.

"여행을 마치고 집에 돌아가 깨끗하고 푹신한 이불로 몸을 감싸고 잠들 때 얼마나 행복한지 몰라요. 바로 그 순간을 맛보기 위해, 내 집을 다시 사랑하기 위해 자꾸 여행을 떠나는 것 같아요."

하룻밤에 몇 번씩 전기가 나가서 암흑천지가 되는 일도, 석회가 많은 물을 마셔서 배앓이를 할 일도, 빈대에 물릴 일도 없는 쾌적한 도시의 삶은 적응하고 말고 할 것도 없이 빛보다 빠르게 몸에 달라붙는다. 그런 나날에 '감사'의 감각을 되찾기란 얼마나 어려운지.

108배를 매일 하던 어느 날, 갑자기 쏟아지기 시작한 눈물을 잊을 수 없다. 서서히 마음에 물때가 끼고 불행의 침전물이 쌓이기 시작하던 무렵이었다. 때는 봄날이었고, 108배를 마치고 나면 기분 좋은 열기가 온몸에 퍼졌다. 별다른 변화의 징후도 없었건만 있는 그대로의 내가 만족스러웠고, 내 모자람을 견뎌 주고 채워 준 인연들에게 감사의 마음이 우러났다. 삶의 불우한 징후들이 견딜 수 없어 앓아누운 시간에 내가 무엇을 놓치고 있었는지 명확하게 보였다고 할까. 그 감각이 너무나 격렬하게 나를 사로잡은 나머지 눈물이 흘러나왔다. 그 눈물은 슬프거나 고통에 겨워 흘리는 눈물과는 달라도 너무 달랐다. 나중에 함께 마음공부를 한 사람들의 이야기를 들어 보니 이르거나 늦거나 모두 그 과정을 거친다는 것을 알았다. 마음이 맑아지는 단계에서 누구나 한 번쯤은 겪는 세례식인 셈이다.

그 즈음의 일기에는 이런 기록이 남아 있다.

'감사에는 두 단계가 있다. 기초 단계에서는 다른 사람과 비교하고서야 자신의 행복을 깨닫는다. 이 단계에선 특별한 고민거리가 없거나 작은 욕구만 충족돼도 행복이라 여긴다. 심화 단계는 이보다 한 차원 진화한 것인데, 어떤 비교의 대상 없이도 있는 그대로의 자신이 지극히 행복한 존재임을 자각하게 된다. 기초 단계에서는 자신보다 비교 우위의 대상을 만나거나 고민거리가 찾아오면 쉽게 불안의 먹이가 된다. 그러나 심화 단계에서는 어떤 상황에서도 쉽게 행복을 놓치지 않는다. 마음 깊은 곳까지 신뢰와 평화가 고여 있어 부드럽게 당당해진다.'

감사의 마음을 놓친 나머지 '사랑하는 힘이 죽어 가고 있다'는 고백을 하지 않기를, 나는 간절히 바란다. 사랑하는 힘이 다해서 죽는 것이 아니라 죽음으로써 사랑을 완성할 수 있기를, 나는 또 바란다.

※

한순간의
느낌에
속지 않기를

20대의 어느 날, 서점에서 책을 둘러보다 우연히 통증에 관한 책을 발견했다. 그 책에는 의사와 환자 사이에 원활한 소통을 위해 맥길 대학이란 곳에서 통증에 관한 다양한 표현을 조사한 것이 있었다.

뜨끔뜨끔 쑤시는/ 바들바들 떨리는/두들겨 맞는 듯한

펄쩍펄쩍 뛰게 하는/찌르는 듯한/살을 에는 듯한

숨이 컥, 막히는/눈이 멀어 버릴 것 같은

날카로운 것이 살을 관통하는 듯한/이가 뿌리째 뽑히는 것 같은

강력 냉동실에 갇힌 듯한/몸이 비비 꼬이게 만드는

소름 끼치는/고문하는 듯한

나는 가끔 이 책에 실린 통증의 언어를 읽어 보곤 한다. 의료 현장에서 느끼는 통증의 표현이긴 했지만, 나는 때때로 그것들이 무엇인가에 쫓기듯 살다가 자신이 잃어버린 것을 돌이켜 볼 때, 혹은 믿었던 사람에게 마음을 베이거나 삶이 안겨 주는 온갖 재난에 넋이 나갈 때 쓰이는 언어와 비슷하다는 생각을 하곤 했다. 불완전하고 쓰라린 삶을 향해 폐부 깊숙한 곳에서 터져 나오는 비명이랄까.

20대의 싱싱하고 발랄한 나이에 왜 통증 따위에 관심을 기울였을까. 흔히 젊은이들은 밝고 활기찬 생각으로 가득 차 있으리라 생각하지만, 그 시절이야말로 음울한 눈동자로 인생과 사물을 바라보기 쉽다. 그것도 힘이 넘치기에 가능한 일인 것 같기는 하지만 말이다.

그로부터 10여 년의 세월이 흐른 뒤 나는 또 다른 표현들을 수집하기 시작했다. 감탄하거나 고양될 때, 혹은 평화롭거나 사랑을 느낄 때 사람들이 쓰는 표현들이다.

가슴 뭉클한/감사한/경이로운

가슴이 터질 것 같은/날아갈 것 같은

뛸 듯이 기쁜/벅찬/ 만끽하는

설레는/열렬한/짜릿한/통쾌한

사랑을 느끼는/애틋한

온화한/친근한/고요한/충만한

마음이 놓이는/기꺼운/여한이 없는/흐뭇한

홍겨워하는/당당한/의기양양한/긍지를 느끼는

기운이 나는/활기가 넘치는/호기심이 이는

마음을 뺏긴/열중하는/황홀한

용기를 얻은/희망을 느끼는

통증과 만족의 언어 외에도 여러 감정을 표현하는 말들이 많다. 분노와 수치심, 슬픔과 죄책감, 혼란과 무기력을 표현하는 수많은 말들이 있다. 인간의 감정이 얼마나 다채롭고 깊이도 제각각인지 기억할 때마다 새삼스럽게 놀란다. 이렇게 많은 느낌을 다 품고 살려니 참 고되겠구나, 싶다.

느낌은 영원하지 않다. 어느 순간의 느낌이 지속적인 힘을 발휘해 인생을 바꾸는 일은 쉽게 일어나지 않는다. 느낌이 고정불변의 강력한 힘을 지녔다면 우리는 지금보다 훨씬 나은 사람이 되어 있거나, 훨씬 지독하게 악화되어 있어야 마땅하리라. 그러지 않아서 다행이다. 느낌은 흘러간다. 그런데도 한순간의 느낌에 속아 나를 놓쳐 버린 날이 얼마나 많았는지.

어떤 느낌에 사로잡힌 나를 본질적인 나라고 착각하지 말 것, 세상에 변화하지 않는 것이란 없다는 사실을 기억할 것. 느낌에도 분명 생로병사가 있으니 현재의 느낌 속으로 충분히 육박해 들어가 느낌의 한 생애를 이해할 것. 불을 쓰다듬어 보고서야 뜨거움을 알게 된 아이처럼 나는 화상 입은 영혼에 붕대를 감고 오직 그 사실만을 기억하려 한다.

지금 이 글을 쓰는 내 마음은 평온하고 잔잔하다. 그러나 5분 뒤의 세계가 어떨지 누가 알겠는가. 무엇엔가 사무쳐서 내게 올 느낌들에게 가만히 어깨를 내주는 일, 이젠 그 일이 그리 벅차지만은 않을 것 같다. 이것마저 한순간의 느낌일지라도…….

어른 아이

철들기의 어려움

철부지라는 말은 '절부지節不知'에서 비롯됐다고 한다.

한마디로 계절을 모른다는 뜻이다.

농사는 시기를 놓치면 1년을 망치기에

우리 조상들은 철을 아는 것을 중요하게 생각했다.

봄 여름 가을 겨울을 구분하는 일,

철에 맞춰 심어야 할 때 심고, 가꾸고, 거두는 일은

중요한 지혜였다.

아직 겨울의 찬 기운이 여전한데 진달래와 개나리가 필 때,

사람들은 예년보다 기온이 높아서라고 이해한다.

제철보다 일찍 나오는 꽃이나 과일에는 대체로 너그럽다.
즐거운 소동쯤으로 여긴 달까.

하지만 모기는 얘기가 달라진다.
여름엔 여름이니까 당연하게 받아들였어도
가을 모기는 더 얄밉다.
철모르고 계속 머물기에 따가운 눈총이 따른다.

아직 거두지 못한 마음,
아직 지우지 못한 기억,
가을 모기처럼 제때 물러날 줄 몰라 철부지가 됐던 기억,
한 번쯤 있다.
마음의 시차에 가슴앓이하며 억지로 철이 들었던 경험이,
아플 만큼 아파야 지극하고 깊어진다는 얘기를
발끝에 걸린 깡통처럼 뻥— 차고 싶었을 때가.

3장

난 네가 약한 모습을 보일 때도 참 좋더라

※

내가
무작정
공항에 가는
이유

여행이 못 견디게 그리울 때는 언제일까. 내 경험으론 오랜 여행에서 돌아온 지 얼마 되지 않았을 때다. 일상에 얽매이느라 오래 떠나지 못할 때도 힘들긴 하다. 하지만 그때는 이미 아침에 눈뜨면 매일매일 해야 할 일들이 책의 목차처럼 나열돼 있기 마련이다. 그러므로 이곳의 온갖 소식과 풍경에 압도당한 나머지 한순간 강렬하게 온몸이 가려워졌다가도 어렵지 않게 잊을 수 있다.

여권의 도장이 채 마르지 않은 싱싱한 귀환자라면 사정이 다르다. 그이의 뇌리에는 마음을 빼앗긴 이국의 풍경과 길에서 만난 사람들의 이미지가 가득하다. 누가 그랬던가. 여행과 생활은 연애와 결혼의 차이 같다고. 막상 그 나라에 터를 잡고 산다면 다르겠지만 여행이었기에, 여행자였기에 우리는 언뜻 새로운 세상을 봤다고 생각한다. 그건 분명 다른 세계였다고 여긴다.

어느 날 밤, 아무런 작정 없이 공항에 가 본 적이 있다. 일행은 나를 포함해 세 명. 앞서거니 뒤서거니 인도와 네팔을 여행했던 우리는 그 나라 얘기만 나오면 자다가도 벌떡 일어날 만큼 향수병을 앓는 처지였다. 그날 누가 먼저 얘길 꺼냈는지 기억나지 않는다. 다만 한밤에 자유로를 질주하며 사뭇 들떠 있었던 기억만은 생생하다. 노래도 몇 곡 불렀을 것이다. 공항에 도착하니 자정이 넘어 있었다. 차 안에서 우리가 그렸던 것과는 다르게 그 시간의 공항은 적막하고 또 적막해서 철 지난 엑스포 전시장 같았다. 선물 가게와 안내 데스크는 문이 닫혀 있거나 사람이 없었고, 여행 가방을 끌며 오가는 여행자의 인기척도 드물었다.

우리는 넓디넓은 공항을 낯선 시선으로 훑고 다니다가 24시간 문을 여는 편의점과 패스트푸드점을 발견했다. 그곳에만 사람들이 모여 있었다. 외국인과 여행자 차림의 사람들을 보고서야 공항에 왔음을 실감할 수 있었다. 늦은 시간에 어딘가로 떠나는 이들이 있다는 사실이 이상하게 고마웠다. 덕분에 자칫 잃을 뻔했던 활기와 여행이 주는 설렘이 슬며시 되살아났으니까. 그냥 가기가 서운해 배가 부른데도 햄버거와 커피를 사서 자리에 앉았다. 마치 비행기 출발 시간을 기다리는 여행자처럼. 오랜만에 달콤한 유랑의 맛을 느꼈고, 순간 맥박이 빨라지면서 행복해졌다. 패스트푸드점을 나와 한적한 공항 로비를 천천히 걸었다. 탑승권을 받기 위해 사람들이 길게 줄을 서던 창구는 텅 비어 있다. 해외 출장과 여행이 잦은 사람에게 공항은 좀 더 큰 개념의 터미널에 불과하겠지만, 아직 내게 공항은 특별한 이벤트가 벌어지는 곳이다. 벼르고 벼른 끝에 일상을 떨친 뒤에야 도착하는 해방의 관문이라고 할까. 이른 새벽에 출발하는 환승 비행기를 타기 위해 로비 의자에서 짧은 잠을 청해야 할 때도, 그곳이 공항이기에 기꺼이 불편을 감수할 수 있었다. 몇 시간만 지나면 다른 세계로 떠날 수 있으니 오히려 달콤한 고생이었다. 우리네 삶도 잠깐 머물다 가는 여행객 신세이건만, 공항 밖에서는 왜 그리 자주 고생은 고생일 뿐이고, 답답함은 그저 답답함뿐인지.

탑승권을 발급하는 창구에는 전 세계 항공사 로고가 붙어 있다. 내 항공사 마일리지를 떠올려 본다. 지금까지 적립한 마일리지로는 아직 국제선을 탈 수 없다. 얼마나 더 자주, 먼 거리를 오갔는지를 증명하는 숫자, 마일리지. 부모님이 편찮으셔서 어마어마한 병원비를 카드로 결제한 끝에 유럽 항공권에 해당하는 마일리지를 얻은 이를 알고 있다. 그이는 병원 수발이 끝난 뒤 지친 심신을 이끌고 이 공항에서 유럽행 비행기를 타고 떠났다. 누군가에게 마일리지는 고된 삶의 의무를 마친 뒤에야 얻는 보상이고, 또 누군가에게는 슬쩍 비추는 것만으로도 주변에 부러움을 살 수 있는 자부심 넘치는 숫자이다. 항공사의 중요 고객이 되고, 공항에서 특별 라운지를 이용하는 특권을 누리는 것. 비행기 타는 일이 보편화된 요즘 마일리지는 우리의 활동 영역과 삶의 여유를 대변해 주는 숫자가 됐다. 여행을 갈 시간도 항공권도 없다면 공항에 가서 잠시 몸속에서 웡웡대는 유목의 피를 달래다 오는 수밖에 없다.

왜 인간은 늘 유목과 정착 사이에서 갈등하는 걸까. 일이 바쁘고 정신없이 돌아갈 때는 '바람을 쐰다'는 정도의 작은 일탈조차 사치로 다가온다. 하지만 우리 몸의 세포가 다른 곳에서 들이킨 바람의 냄새를 정밀하게 기억하는 것까지 막을 순 없다. 기내식에서 풍기는 이국의 식재료와 소스 냄새, 싱가포르 공항의 세련된 시설도 채 감추지 못하는 열대의 냄새,

티베트 인들에게서 풍기던 짠 버터 내음, 인도 남부 폰디체리 바닷가에서 몸을 파고들던 바닷바람 냄새…….

역사상 바람에 홀려 일생을 방황한 이들이 얼마나 많을까. 바람 얘기를 하다 보니 오래 전에 들은 얘기가 생각난다. 마력을 지닌 얘기의 처음은 늘 이렇게 시작된다. 옛날 옛날에, 태양과 바람과 하늘이 태어난 지 얼마 되지 않아 싱싱했던 옛날에…….

사하라 사막에서 불어오는 바람이 트리폴리 지역의 모든 물탱크를 말려 버린 적이 있었다. 물이란 모든 생물에게 귀한 것이고, 특히 열대 지역 사람들에게는 두말할 필요 없이 중요한 자원이다. 마을의 물이 모두 말라 버렸으므로 사람들은 엄청난 갈증에 시달렸다. 혀끝이 하얗게 갈라져 죽은 시체가 매일 마을 공터에 쌓였다. 살아남은 사람들이 모여 회의를 열었다. 저주스런 해가 지고 그나마 고통이 덜한 밤이 올 때까지 의논한 끝에 그들은 이렇게 결정했다.

'우리는 바람과 맞설 것이다!'

남은 사람들 가운데 건강하고 용감한 사람들이 전투를 위해 뽑혔고, 그들은 곧 칼과 창으로 무장했다. 바람과 전쟁이다! 전사들은 사기가 충천해 행진하기 시작했지만 이내 갈증과 피로가 그들이 내딛는 한 발 한 발마다 무겁게 따라붙었다. 얼마를 걸었을까. 드디어 사막에 도착했다. 그러나 채 전열을 정비하기도 전에 기다리고 있었다는 듯 열풍이 휘몰아쳤다. 모래 산을 쌓았다가 옮기고, 한 마을을 덮었다가 물러가곤 하는, 바로 그 바람이었다.

전사들은 마을의 바싹 마른 물탱크를 생각하고, 잃어버린 가족과 이웃을 떠올렸다. 북소리와 함성이 울려 퍼졌고, 전사들은 모두 바람의 한복판을 향해 무기를 겨누며 달려들었다. 그러나 상대는 너무 강했다. 사람들은 바람을 베기 위해 창을 겨누고 칼을 휘둘렀지만 적은 털끝만큼의 상처도 입지 않았다. 결국 지친 전사들은 붉은 흙모래 구름 속으로 휘말려 들어가 한 사람도 남김없이 모두 모래 속에 파묻히고 말았다. 무모하리만큼 운명에 대해 전투적이고 비장한 사람들의 이야기. 우리에겐 모든 것을 잃을 각오를 하고서 덤비는 저마다의 바람이 있을 것이다. 하나의 은유로서의 바람.

바람이 먼 하늘에서 몰려온다. 우리를 지금의 세계와는 다른 곳으로 데려가 줄 바람이다. 거대한 돛단배를 다른 대륙의 해안으로 떠밀 수 있는 바람이다. 우리 내부에서 뭔가 중요한 변화를 불러일으킬 수 있는 바람이다. 나는 여행을 하며 옷깃을 깃발처럼 나부끼게 만드는 바람의 왕국에 이를 때마다 양팔을 힘껏 벌려 바람을 끌어안곤 했다.

"아아~ 아아~."

바람과 싸우던 전설 속의 투사를 닮고 싶지만, 무모한 전투 끝의 어이없는 패배를 감당할 열정은 없는 사람. 한곳에 머물기엔 감수성이 너무 예민하고, 떠나기엔 용기가 부족한 사람. 스스로 그런 범주의 사람이 된 것 같은 위기감이 느껴질 때면 공항으로 간다. 비록 마른 햄버거에 커피 한 잔 축이는 짧은 여행일지라도 집으로 돌아올 즈음이면, 이제 막 입국한 여행자가 되어 다시 한 번 이 익숙하고도 낯선 세계를 힘껏 껴안고 싶어지니까.

※

다
외로워서
그래,

외로워서

나는 유난히 중독에 취약하다. 첫발을 딛는 것이 어렵지 무엇이든 한번 빠지면 한동안 헤어나질 못한다. 여행이 그랬고, 가로 세로 아홉 칸에 1부터 9까지 숫자를 채워 넣는 스도쿠 게임이 그랬다. 알게 되면 사랑하지 않고는 못 배긴다 했던가. 나는 매혹된 것들에게 수많은 밤과 낮을, 체력을, 그리고 정성을 바쳤다.

한때는 운동 중독에 빠지기도 했다. 평소에는 동네 뒷산도 고정 설치된 병풍처럼 여기며 살다가 어느 날 운동 중독에 빠진 뒤부터는 하루 종일 운동 시간만 기다리며 살았다. 군살이 빠지고 배에 희미한 복근의 그림자까지 어룽대자 그만 흥분하고 말았다. 감격에 겨워 하루에 4~5킬로씩 걷고, 윗몸 일으키기를 200개씩 해대는 극성을 부렸던 것이다.

그러다 그만 사달이 나고 말았다. 230개쯤 이르렀을 때, 허리 쪽에 찢어지는 듯한 통증이 일었던 것이다. 짧은 시간에 근육을 너무 무리해 쓴 탓이었다. 당분간 운동을 쉬라는 처방을 받았다. 나는 아쉬움과 안타까움에 한숨을 내쉬었다. 그리고 데친 채소처럼 축 늘어져 허리 근육 강화 운동을 하러 다니기 시작했다. 생각해 보면 코미디 같은 일이다. 운동에 중독돼 허리를 삐끗하고, 삐끗한 허리를 고치겠다고 다시 새로운 운동에 빠지다니. 열정과 냉정 사이에서 균형을 잡는 것, 내게는 그게 늘 어려웠다.

우리는 외로워서 중독되는 것일까, 아니면 중독된 끝에 외로워진 것일까. 이성에 대한 사랑을 느낄 때 뇌가 반응하는 부위와 코카인을 흡입할 때 활성화되는 부위가 같다고 했던가. 무엇인가에 쉽게 중독되는 사람들에겐 허기진 내면의 자아가 있는 건지도 모르겠다.

어느 해 겨울을 고요한 숲 속에서 지낸 적이 있었다. 도시에서 밥벌이를 하는 동안 오래 여행을 떠나지 못했고, 몸은 여기저기서 경고의 신호를 보냈고, 마음은 궤도를 벗어난 별처럼 바닥 모를 곳으로 아득히 떨어지던 시절이었다. 그때 떠오른 곳이 숲이었다. 숲과 흙길, 그리고 막힌 데 없이 탁 트인 넓은 하늘이 이 모든 것을 치유해 줄 것이란 막연한 신뢰가 있었다.

과연 그랬다. 자연이야말로 명의였다. 무엇보다 나는 산책에 흠뻑 빠졌다. 앞산이건 뒷산이건 길은 완만했고, 지난 가을 떨어진 붉은 솔잎만이 융단처럼 깔려 있었다. 발을 부드럽게 안아 주는 낙엽 위를 걸을 때면 진정으로 위안받는 느낌이었다. 날이 몹시 추운 날에는 군데군데 눈 녹은 물이 얼어붙어 있어서 징검다리 건너듯 폴짝폴짝 뛰어다녀야 했지만 그마저 즐거웠다. 양옆으로 늘어선 소나무와 상수리나무를 벗 삼아 걸을 때면 행복했다. 단단하게 언 땅일지라도 콘크리트보다는 따뜻하게 느껴졌고, 뺨을 날카롭게 긋고 지나가는 칼바람이라도 도시의 바람보다는 포근했다.

예외적인 몇몇 날을 빼고 산책 길엔 늘 혼자였다. 그러나 단 한 번도 외롭다는 생각이 들진 않았다. 지난 가을 쓰러진 창백한 갈대들이 수런거리고, 하늘 위로는 고막을 울리며 전투기가 날아갔다. 바람은 나를 통과해 숲을 내달려 갔으나 마음만은 나를 둘러싼 모든 존재와 굳게 결합되어 있었다. 세상

전부를 껴안을 듯 마음의 내벽이 부풀어 올라 나도 모르게 노래가 흘러나왔다. 나와 타인이 분리되지 않을 때 찾아오는 지극한 행복감, 그리고 일체감에 전율이 일었다. 나는 행복했고, 또 행복했다. 날짜가 지나면서 바람의 온도가 미세하게 변화하는 걸 느낄 때나, 발밑의 땅이 녹는 폭신한 기척 하나에도 기뻤다.

그런데 그곳에서도 나는 일주일에 두 번쯤은 인터넷 접속을 해야 했고(남겨 두고 온 일 때문이라는 핑계를 댔지만), 손전화를 쓸 수 없게 되면 공중전화를 찾아 4킬로 남짓 떨어진 아랫마을까지 내려갔다. 왼편에는 햇빛을 갈망해 몸채를 길 쪽으로 내뻗은 소나무 숲이 있고, 오른쪽에는 바위틈을 미련 없이 빠져나가는 계곡물의 합창 소리가 들리는 길.

그 길을 내려갈 때마다 가벼운 흥분과 우울을 함께 겪곤 했다. 골수까지 파고든 징글징글한 소통 중독이라니. 문명은 끈질기게 내 뒤를 쫓아다녔고, 나도 문명의 뒤꽁무니를 행여 놓칠세라 쫓아다니는 꼴이었다. 인류는 자유에 대한 갈망을 충족시키고자 수많은 문명을 발명해 냈지만, 그 문명이 이젠 쇠사슬이 되어 온몸을 칭칭 감고 있다는 걸 인정해야 했다. 나는 숲에서도 완전히 플러그를 뽑지 못했다.

숲에서 지낸 지 두 달쯤 지났을 때, 답답한 나머지 새벽차를 타고 인근 도시로 나갔다. 그리고 그 도시의 가장 번화한 중심가로 갔다. 거기에 내가 두고 온 모든 것이 있었다. 베이커리와 카페, 옷 가게와 약국, 극장, 대형 문구점, 술집과 사람, 사람들. 아, 이것이란 말인가. 이게 그리웠단 말인가. 어이가 없었다. 거리 중간쯤에 세련된 인테리어를 한 커피 체인점이 있었다. 마치 문명 세계로 귀환한 늑대 인간처럼 한참 동안 벽에 붙은 메뉴판을 더듬다가 커피를 주문했다.

커피라면 숲에도 있었다. 숲속에서 나는 단순하고 소박한 행복에 빠져 있었다. 그러나 단정하게 정돈된 커피 전문점에서 차를 마시고 사람들로 붐비는 거리를 걸으며, 복합 상영관에서 영화를 보고 싶은 욕구가 내 안에는 미처 마르지 않은 웅덩이의 물처럼 고여 있었다. 겨울 숲은 풍성한 은유와 치유력으로 나를 충만하게 했지만, 어느 시점이 지나자 내 몸은 도시의 자극을 원했다. 내 안에는 이미 도시의 DNA가 깊이 박여 있었다. 정작 그곳에 살 때는 간절하지도 않았던 모든 행위들이 문명과 떨어진 곳에서는 짜릿한 활력과 자극으로 다가왔다.

친구들과 둘러앉아 도시를 쉽게 떠나지 못하는 이유를 꼽은 적이 있었다.

"문화생활 때문이지. 마음만 먹으면 언제라도 공연, 전시회를 볼 수 있으니까."

"뭐니뭐니해도 익명성 아닐까? 시골 가 봐. 별일에 다 참견하잖아."

끝내 서울 사람이 될 수 없을 거라 생각하던 우리는 이미 중증 도시 중독자가 돼 있었다. 도시 생활의 각박함과 덧없음에 마음이 떠나거나, 타의로 밀려나기 전까지는 치유할 길이 없는 중독이었다.

중독은 무의식과 충동이 이성을 이길 때 생긴다. 스스로 제어할 수 있다면 중독이 아니라 일시적인 몰입이라고 해야 할 것이다. 모든 중독은 불안에서 온다. 아무것도 하지 않고 있을 때 찾아오는 공허와 불안을 참을 수 없어 우리는 끊임없이 자신을 잊을 수 있는 무엇인가를 찾아 헤맨다. 무엇인가에 흠뻑 빠져 있는 그 순간이라도 세계와 자신 사이에 생긴 빈틈을 채울 수 있다고 믿는다.

그러나 뭐니뭐니해도 사람 중독만큼 치명적인 게 있을까. 붓다는 일찍이 좋아하는 사람은 만날 수 없어 괴롭고, 싫어하는 사람은 만나서 괴롭다고 했다. 붓다 옆에서 날마다 라이브

강의를 들었던 수제자도 사람에 대한 애착만큼은 다루기 어려웠던가 보다. 어느 날 제자 아난다는 자신에게 가르침을 베풀고 격려해 주던 사리푸타 존자가 열반에 들자 괴로운 나머지 붓다를 찾았다.

"세존이시여, 그 소식을 듣고 저의 몸은 마비되고, 제 앞은 캄캄하고, 가르침들도 제게 아무런 소용이 없었습니다."

몸이 마비되고, 앞이 캄캄하고, 가르침도 아무 소용없는 상태. 참으로 인간적인 고백이다. 애착의 고통은 2500년 전이나 지금이나 하나도 다를 바가 없다. 아난다의 고백에 붓다는 보충수업을 해 줬다.

"아난다여, 내가 설하지 않았는가? 모든 사랑스럽고 마음에 드는 자와는 이별하게 되고 떨어지게 되고 분리된다고. 생겨나고 생성되면 괴멸하고야 마는 것을 두고 괴멸하지 말라고 하는 것은 있을 수 없다."

사랑스럽고 마음에 드는 사람과 이별하는 고통은, 그러니까 붓다도 인증한 괴로움이다. 좋아하는 사람을 보고 싶고, 마음속 깊숙이 연결되어 있음을 느끼고 싶어 하는 마음, 그 뿌리 깊은 애착이야말로 사람 중독의 핵심인데, 깨달은 이는 이것에 사로잡혀 있는 한 영원히 괴로움을 면치 못할 것이라고 진단한다.

한번 생겨난 것은 반드시 소멸에 이른다는 진리를 내 것으로 받아들인다 해도 사람 중독, 또는 애정 중독과 단절하기란 말처럼 쉽지 않다. 세상에서 그런 애착을 당연하다고 인정하기도 하거니와 살아가는 데 그만한 힘과 위안을 주는 것도 드물기 때문이다. 홀로 있을 수 없기에, 고독과 맞설 만한 내면의 힘이 없기에 마음의 빈 곳을 사람으로 채우려 든다. 사실 사람 자체를 사랑한다기보다 '사랑이라는 허상'에 중독되어 있는 경우도 많을 것이다.

옛날에 내 주변에서 갑자기 '외롭다'는 단어 하나로 모든 문제를 해결하는 어법이 유행한 적이 있었다.

"걔는 요즘 왜 그리 술을 많이 마신다니?"

"외로워서 그렇지 뭐."

"넌 왜 만날 심심해, 심심해를 입에 달고 사냐?"

"외로워서."

"이 치즈는 왜 빨래 비누 같은 맛이 나는 거야?"

"치즈가 외로운 게지."

그 대화법에 따르면 정치인들이 싸우는 것도, 신자유주의가 횡행하는 것도, 백화점 세일에 사람들이 몰리는 것도 죄다 외로워서 생기는 해프닝이었다. 장난삼아 하던 말놀이였지만 지금 생각하면 우리도 모르는 사이에 세상의 핵심 비밀을 간파했던 것 같다.

어떤 면에서 우리는 도피자들이다. 우리의 혼은 끊임없이 외로움과 갈망, 불안, 충격으로부터 달아나 숨을 만한 곳을 찾는다. 중독은 자신의 가장 약한 부분이 현실의 전면에 나서서 지휘권을 갖는 것이다. 처음 눈을 떠서 본 존재를 어미라고 믿고 평생 따르는 새끼 오리처럼, 처음 희열을 안겨 준 것이 게임이었다면 게임이, 도박이었다면 도박이, 술이었다면 술이 우리의 대뇌에 쾌락이라고 새겨진다. 그렇게 거기에 매달리는 동안은 감추고 싶은 자신의 모습을 영원히 안 봐도 된다고 믿는다. 아니, 안 보고 싶어 한다. 마치 머리만 풀숲에 박은 꿩처럼. 다시 한 번 옛날 어법으로 말하자면, 다들 외로워서 그렇다.

중독과 몰입의 차이는 무엇일까.

중독인지 몰입인지는 스스로가 가장 잘 안다. 둘 다 엄청난 시간과 사랑을 요구한다는 점에서는 같다. 이게 없으면 내 삶의 가장 중요한 부분이 설명되지 않는 듯한 느낌이 드는 점도 닮았다. 그러나 중독과 몰입의 차이는 '자신에 대한 사랑'이 있느냐 없느냐의 여부에 있지 않을까. 어떤 일에 지독하게 빠져 있는 자신이 밉고 죄책감이 든다면 중독이다. 그 일을 함으로써 자신을 더욱 사랑하게 되며 내면의 자부심이 커진다면 몰입이다. 왜냐하면 중독은 결국 자신의 실체를 잊기 위한 몸부림이며, 올바로 사랑을 쏟아야 할 대상에게서 거부당하고 상처받은 마음의 표현이기 때문이다.

중독이 치명적인 것은 물리적인 파괴의 속성 때문이다. 몸 어디 한군데가 손상된 뒤에야 간신히 벗어날 수 있는 것, 그게 중독이다. 옛날에 게임에 푹 빠져 지낸 적이 있었다. 처음엔 일을 시작하기 전, 기분 전환 삼아 가볍게 시작한다. 그런데 이게 멈춰지질 않는다. 그만하자, 그만하자. 수없이 다짐하면서도 게임 창을 닫지 못했다. 결국엔 손목에 탈이 나서야 겨우 게임에서 벗어날 수 있었다. 알코올, 니코틴, 도박 중독…… 모든 중독은 황폐한 상처를 확인해야 끝장을 보게 된다. 그래서 중독을 일컬어 느리게 진행되는 자살 시도라고 얘기하는 사람도 있을 정도다. 정말 불가사의하고 약 오르는 진실 하나는 좋은 습관은 쉽게 중독되지 않는다는 것이다.

무엇인가에 미친 듯이 빠져 있는 동안은 마음에 들지 않는 자신을 잊을 수 있다. 세상의 잣대나 불만도 멀리 사라진다.

망각은 인생의 상처들을 치유하는 방식이긴 하지만, 중독에 힘입어야 하는 치유는 너무도 짧은 순간의 니르바나에 그치고 만다. 짧은 마비가 지나가고 정신이 들면 자괴감은 더 깊어지고, 자신을 향한 증오는 더 맹렬해진다. 자신을 미워하는 사람이 다른 사람을 진정으로 사랑하기란 낙타를 아이스박스에 넣고 뚜껑을 닫는 것보다 더 어려운 일이다. 무엇보다 그이는 행복하지 못하다. 보르헤스가 '후회'라는 시에서 읊은 인생 결산은 너무나 통렬해서 읽을 때마다 마음이 서늘해지곤 한다.

나는 인간이 범할 수 있는

가장 나쁜 죄를 저질렀다. 나는

행복하지 못했다.

내 눈에도 보이고, 타인의 눈에도 보이는 중독은 차라리 알아차리기 쉽다. 그런데, 진짜 위험한 것은 자신이 뭔가에 중독돼 있다는 사실조차 모르고 사는 게 아닐까.

※

사랑할 때

가장 듣고 싶었던 말

레이먼드 카버의 단편 「사랑을 말할 때 우리가 이야기하는 것」은 두 쌍의 부부가 식탁에 둘러앉아 사랑에 대해 이야기하는 내용을 담고 있다. 소설 속 화자와 그의 아내 로라, 심장 전문의인 멜과 그의 아내 테리, 이렇게 네 사람은 각자가 겪은 사랑을 말하며 기세 좋게 토론을 벌인다. 테리는 전 남편 에드의 사랑에 대해 이렇게 말한다.

"어느 날 밤 그는 나를 심하게 때렸어요. 발목을 붙잡고 거실 안을 질질 끌고 다니더군요. 그동안 계속 이렇게 지껄이는 것이었어요. '사랑해, 사랑해, 사랑한다고, 이년아.' 그러면서 그는 계속 나

를 끌고 거실 안을 돌았어요. 내 머리가 여기저기 부딪힌 건 물론이죠." 테리는 우리의 표정을 살폈다. "당신들은 그런 사랑을 어떻게 생각해요?"

그건 사랑이 아니라고 테리의 현재 남편 멜이 말한다. 하지만 테리는 그것도 전 남편 나름대로의 사랑이었다고 주장한다. 아내에게 새로운 남자가 생겼다고 쥐약을 먹는가 하면, 전화를 걸어 협박하고, 드디어는 머리에 권총을 쏴 자살한 사람의 사랑은 섬뜩한 광기로 번득인다. 열정과 광기는 한 끗 차이에 불과하다. 세상에 떠도는 치정사건이란 치사량에 이르는 애정으로 말미암은 파멸을 일컫는 말이기도 하지만, 때론 '치'가 떨리도록 지긋지긋한 '정'이 일으키는 소동이기도 하다. 카버가 이 소설을 빌어 얘기하는 사랑은 현실적이면서도 심오하지만, 그 메시지는 너무 아파서 한 번 듣고 흘려버리고 싶을 정도다. 다소 길지만 소설의 일부를 옮겨 본다.

"우리들 가운데 진정한 사랑이 뭔지 아는 사람이 있을 것 같은가?" 멜은 조금 거만한 말투로 시작했다. "내가 보기에 우린 모두 사랑에 관한 한 초보자나 다름없어. 당신들은 지금 내가 어떤 종류의

사랑에 대해서 이야기하고 있는지 알 거야. 육체적인 사랑, 그러니까 특정한 어떤 상대방을 향해 물불 안 가리고 돌진하게 만드는 충동 같은 것을 그런 사랑이라고 할 수 있겠지. 세속적인 사랑, 아니 감각적인 사랑이라고 하지. 하루하루 상대방을 향해 온갖 정성을 기울이는 그런 사랑 말이야. 하지만 나는 때때로 내가 전처를 얼마나 진정으로 사랑했었나 하는 생각 때문에 고민스러운 적이 있어. …… 한때는 내가 전처를 목숨보다 더 사랑한다고 생각했던 적이 있었어. 하지만 지금 나는 그녀 생각만 하면 욕지거리가 나올 만큼 그녀를 미워하고 있어. 그걸 어떻게 설명할 수 있겠나? 그 사랑은 도대체 어떻게 된 거지? 난 그게 알고 싶어. 누가 속 시원히 나한테 설명을 좀 해 주면 좋겠단 말이야. …… 당신들은 같이 산 지가 이제 18개월 됐다고 했지? 당신들은 지금 서로를 사랑하고 있어. 그냥 표정만 봐도 알 수 있다고. 얼굴에 다 쓰여 있으니까. 하지만 당신들은 서로를 만나기 전에 각자 다른 사람을 사랑했었어. 우리처럼. 당신들도 둘 다 전에 다른 사람과 결혼한 경험이 있지. 아마 틀림없이 당신들도 그 전에는 그 다른 사람을 사랑했을 거야. 하지만 세상에서 가장 끔찍한 일이 뭔지 아나? 가장 끔찍하면서도 어떻게 보면 더없이 다행스러운 일일 수도 있겠지. 예를 들어서 말이야, 내일 당장 우리 가운데 한 사람한테 무슨 일이

일어난다면 어떻게 되겠나? 물론 처음에는, 그러니까 당분간 혼자 남게 된 사람은 슬픔에 젖어서 어쩔 줄을 모르겠지. 하지만 머지 않아 그 사람은 다시 다른 누군가를 사랑하기 시작할 거야. 지금까지 우리가 얘기한 사랑, 그런 사랑은 한낱 과거의 추억으로 묻혀 버리는 거야. 어쩌면 추억거리조차 되지 않을지도 모르지. 내 말이 틀렸나? 내가 너무나 기본적인 전제조차 무시하고 있는 거라고 생각해? 만약 내 생각이 틀렸다고 생각한다면, 솔직하게 얘기를 좀 해 줘."

멜의 발언은 사랑이야말로 철저하게 현재에 속한 우연한 사건임을 통렬하게 지적한다. 결코 달콤하지 않은 사랑의 정의다. 칸나꽃처럼 뜨겁고 아린 청춘의 시간을 온몸으로 통과한 사람들이 사랑에 관해 품는 의문이란 대개 그렇다. 살면서 소설 속 멜이 얘기했던 "그 사랑은 도대체 어떻게 된 거지?"라는 질문과 함께 허망함에 짓눌려 보지 않은 사람이 몇이나 될까.

세월이 흘렀지만 아직도 나는 묻는다. 먼발치에 서 있는 모습만 봐도 반경 수십 미터 이내가 환해지고, 그 사람을 위해서라도 자아의 신화를 이루고 싶다고 매운 맹세를 하던 그 사랑은 어디로 갔을까, 하고. 서로를 향해 의심 없이 꽂혀 있던 플러그들은 언제 다 뽑혀 버렸을까. 그리고 언제부터 우리들은 사랑 없이 다만 존재하기로 쓸쓸하게 다짐했을까. 그 시점이 정확히 생각나는 순간, 우리는 전 생애와 맞먹는 울음을 삼킨다.

사랑에 관한 신화가 불을 뿜던 시절엔 책과 영화와 미디어가 심어 준 환상과 기대가 무성했다. 한창 감수성 예민할 나이에 교과서에서 접하는 '날카로운 첫 키스의 추억'이란 시 구절은 어떻던가. 실제로 첫 키스에 날카롭기가 그리 쉽나. 그 정도 경지에 이르려면 무수한 실전과 내 몸과 상대의 몸이 분리되지 않는 심신의 일치 과정을 거쳐야 한다. 검은 휘장처럼 드리워진 밤하늘 아래 날카로운 첫 키스를 꿈꾸지만, 현실은 지린내가 진동하는 도시의 뒷골목이거나, 술과 안주 냄새가 뒤섞여 뒤숭숭한 입맞춤이기 십상이다.

"너랑은 말이 잘 통해" 라는 말이 "너랑 말은 잘 통해"의 뜻인 줄 어떻게 알았을까. "너와 소통이 잘되는 건 좋지만……" 이라는 말 뒤에 다른 갈증이 숨어 있다는 걸 말이다. 말이 잘 통해 좋다던 사람은 그 말을 남기고 표표히 떠난다. "넌 내 말을 잘 들어줘. 너랑 있으면 참 편해"라는 말이 "우리 결혼할까?"의 다른 표현인 줄 또 어떻게 안단 말인가. 얘길 잘 들어 줘서 만만하게 여기나 보다 싶었는데, 실은 나와 평생 편하게 지내고 싶다는 고백이었을 줄이야. 사랑할 때 쓰는 언어는 사전에 실린 것과는 판이하게 다르다. 그 세계에서 쓰는 말은 따로 있어서 처음부터 새로 배워야 한다. 사랑에 빠진 연인들이 종종 옹알이 수준의 언어로 퇴행하는 것도 그 때문이다. 평소 쓰던 말로 사랑의 의미를 가늠하려고 할 때, 말에 담긴 거짓과 진실은 깊숙이 숨어 혼란을 일으킨다.

프랑스의 소설가 아니 에르노는 『단순한 열정』에서 연하의 외교관과 맹목적인 사랑에 빠진 나머지 일상생활에서 갑자기 금치산자가 된다. 밀도 높은 글을 쓰지도, 바깥 활동에 아무런 의미를 느끼지 못했고, 혹시나 잠시 자리를 비웠을 때 전화가 올까 봐 외출도 하지 못했다. 완벽한 몰입, 집착, 뜨거운 폭포 같은 열정의 세례에 꼼짝없이 갇혀 버린 것이다. 연인에게 전화가 오지 않으면 눈물을 흘렸고, 잠을 이루지 못하고 뜬눈으로 밤을 지샜다. 에르노는 사랑에 빠진 사람이 할 수 있는 가장 극적인 고백을 연인에게 바친다.

"내 인생에서 당신 이전에는 아무도 없었던 것 같아."

이처럼 사랑할 때 하는 찬란한 거짓말의 극치는 환생의 고백이다. 사랑 앞에서 우리는 무수히 다시 태어나 겹겹의 생을 산다. 이전의 사랑은 이미 망각의 강을 건넌 전생의 일이 되고 만다. 그리고 말한다. 당신을 만나기 전에 어떻게 살았는지 모르겠어. 당신이야말로 첫 전율이며, 처음 만나는 기적이요, 따뜻함이야. 당신이 내 마지막 사랑이었으면. 사랑은 그 부드러운 입술로 수많은 맹세와 탄성과 고백을 하지만, 결국은 자신을 향한 간절한 구애에 다름 아닌 것. 상대를 향해 쏟아 내는 고백은 어쩌면 평생을 걸쳐 자신이 가장 듣고 싶었던 바로 그 말일지도 모른다. 사랑은 철저하게 현재형이며, 그러기에 일시적인 정신착란 혹은 찰나의 예술이다. 그래서 어떤 사랑은 열정과 혼동되기도 하고, 알루미늄 호일처럼 조금만 손끝이 닿아도 구겨질 정도로 허약하기 짝이 없다. 목숨을 줘도 아깝지 않다고 생각했던 사랑이 조금이라도 빈틈을 보이면 지체 없이 생색내는 대사들이 튀어나온다.

"내가 널 얼마나 사랑했는데……."

"네가 어떻게 나한테 이럴 수 있어!"

지나간 애정의 함량을 저울에 달아 계산서로 내밀 때, 순식간에 비참해지고 마는 건 스스로도 그게 억지라는 걸 알고 있어서다. 내게 와 줘서 고맙고, 함께 가슴 뛰는 미지의 영역을 가 볼 수 있게 허락해 줘서 고맙고, 더 잘해 주지 못한 것이 미안할 뿐인데, 입에선 다른 말이 흘러나오고 만다. 인연이 여기까지라면 꾸벅 인사하고 돌아 나오면 그만이다. 그런데 머리로는 잘 알고 있어도 실제로 이렇듯 산뜻하기가 어디 쉬운가. 그랬다면 세상에 그 많은 회한 어린 유행가나 원망하는 마음이 발붙일 틈이 없었을 것이다. 그러므로 사랑 앞에서 지지리도 못나고 맷집 약한 나를 인정하고 받아 주는 것이야말로 진정 쿨한 모습인지도 모르겠다.

얼마 전, 오랜만에 만난 선배가 한 말이 기억난다.

"사랑이 무슨 죄니. 사랑이 약한 게 아니라 사람 마음이 약한 거지. 사랑은 있어."

그러니까 애당초 잘못은 우리가 사랑에 대해 품는 수많은 환상과 오해에서 비롯되었다는 말이다. 사랑은 있는데, 사람이 변한다는 거다. 그동안 애꿎은 '사랑'만 쥐 잡듯 잡아 왔다는 얘기다. 선배의 말을 듣는 순간, 어찌나 안심이 되던지. 비록 그 선배가 이 근방에서 가장 똑똑한 사람으로 인증받은 건 아니지만, 그렇다고 가장 바보로 소문난 사람도 아니니 믿어 볼 수밖에. 아아, 사랑이 있다니, 얼마나 다행인가.

※

한 사람의

어른이 된다는 것

여러 해 전 10월의 어느 밤, 나는 아랫녘으로 향하는 기차 안에 앉아 있었다. 그날따라 승객이 많아 입석으로 서서 가는 사람들이 여기저기 서 있었다. 도시를 벗어나자 창밖은 드문드문 불빛이 이어지는 들판을 가로질러 갔다. 잠이 오지 않을 경우를 대비해 들고 간 작은 잡지를 꺼내 읽었다.

오래 병고에 시달리던 아버지의 상태가 심상치 않다는 소식에 내려가는 길이었다. 아버지와 나는 오래 서로의 삶에서 비껴 서서 기차의 선로처럼 평행선을 그은 채 달려왔다. 나는 아버지의 아홉 자식 가운데 한 명으로 태어났지만 아버지는 나를 돌아보고 받아들이기에는 너무 바쁜 삶을 살아왔고, 그가 이룩한 것들을 지키느라 늘 전전긍긍했다. 그는 사회적으로는 성공했으나 가정적인 면에서는 낙제점을 받을 만큼 무심하고 이기적인 가장이었다.

직감적으로 이제 아버지가 지상에 머물 시간이 얼마 남지 않았음을 알았으나 기차 안에서 내 마음은 담담했다. 아버지가 끝내 냉담했던 덕분에 이리 침착할 수 있구나. 격정 어린 슬픔과 창자가 끊어지는 고통에 휩싸이지 않아도 되는구나 싶었다. 살아가는 일이나 인간관계나 결국 어떤 식으로든 균형을 맞추게 마련인데, 아버지는 이런 식으로 당신도 모르게 내게 큰 선물을 주었구나. 나는 그 선물에 힘입어 글자 사이를 겉돌지 않고 제법 집중해서 잡지를 읽을 수 있었다.

내 젊음의 많은 날들이 아버지와의 눈에 보이지 않는 투쟁에 바쳐졌다. 사람은 누구나 평생에 걸쳐 자기 부모를 넘어서기 위해 애쓰며 살게 마련이란 것을 그때는 몰랐다. 부모를 넘어서는 삶을 살 수 있다면 아주 성공한 인생이란 것을. 그리고 살다 보면 그게 말처럼 쉬운 일이 아니란 것도 몰랐다.

아버지는 일제강점기에 경남 하동에서 의사 집안의 아들로 태어나 남부러울 것 없는 환경에서 성장했다. 해방이 되고 세상이 좌익이니 우익이니 하는 이데올로기 때문에 혼란스러울 때 젊은 아버지는 신문기자로 일했다. 그리고 좌익 사상범으로 감옥에 수감돼 있는 정치범을 취재하는 등 그 당시 젊은 인텔리가 겪는 모험과 혼란을 고스란히 겪었다. 그 때문에 잠시 이름까지 바꾸고 도피 생활을 해야 했다. 그러나 나중에 아버지는 평생 이 시절의 낙인을 벗어나기 위해 고군분투하게 된다. 아버지는 우연한 기회에 일본에서 비료를 수입해 판매하는 일에 뛰어들게 되었고, 이 일로 꽤 큰돈을 벌었다. 아버지 표현에 따르면 "돈을 가마니로 쓸어 담을 정도"였다고 한다. 한국전쟁으로 황폐해진 농토의 힘을 돋우자면 질 좋은 비료가 대량으로 필요했기에 아버지는 시대에 들어맞는 일을 찾은 행운아임에 틀림없었다.

아버지는 지역의 거상이 되었다. 제분 공장을 짓고, 땅을 사들이고, 호텔을 지었다. 그리고 평생 스캔들을 멈추지 않았다. 당연히 평생 가정불화가 따라다녔고, 그 결과 나는 아버지가 성취한 부를 누리거나 보호를 전혀 받지 못한 채 친척집을 전전하며 성장기를 보내야 했다. 나를 친척집에 보낸 뒤 아버지는 나를 잊었다. 어쩌면 안간힘을 써서 잊고 싶었던 건지도 모르겠다. 아버지는 가정적으로는 불행한 남자였다. 가진 것이 많아지자 정치적으로 안정적인 보호막이 필요해 군

사정권 때는 군사정권을 지지했고, 그 이후에도 늘 권력을 쥔 쪽의 눈에 들기 위해 애썼다. 그것이 젊은 시절의 경력을 덮을 수 있는 길이라 여겼고, 시대와 편안하게 어울리는 길이라고 믿었다.

기차를 타고 내려가는 내 마음은 담담하고 담백했다. 아버지는 아버지의 시대와 영욕의 세월을 거침없이 아낌없이 누렸다. 언젠가 아버지는 나를 앞에 앉혀 두고 "우리 일가 중에 내 나이까지 산 사람은 아무도 없었다"고 하신 적이 있었다. 그것이 생에 대한 불안이었는지 혹은 비록 여러 병을 거느리고 있지만 그때까지 무탈한 것에 대한 안도감이었는지는 모르겠다. 그 말을 하던 아버지의 무심한 표정만이 생각날 뿐이다. 또 한 번은 자동차 뒷좌석에서 지긋이 눈을 감은 채 "한평생이 잠깐 눈을 감았다 뜬 사이에 흘러간 것 같다"고 하셨다. "정말 잠깐이다" 하고 아버지는 새삼스레 시간의 속도에 현기증이 난 듯 나직하게 되뇌었다. 그때 창밖에서 빠른 속도로 물러나던 나무들과 넓게 퍼져 있던 구름 사이로 언뜻언뜻 비치던 햇살이 생각난다.

인도 스리나가르를 여행할 때 어느 힌두 사원에서 처음으로 아버지의 영혼을 위해 기도한 적이 있었다. 사람을 말려 버릴 듯 내리쬐는 햇빛과 축축한 습기를 뚫고 도착한 사원이었다. 그날 차가운 돌바닥에 엎드리는 순간, 운명이란 내가 선택한 모든 것들의 결과물임을 이해했다. 그리고 또 알아차렸다. 내 의지로 그런 환경에 태어난 것이 아니라고 억울해할 수 없다는 것을. 설사 지고한 존재의 선택이었다고 해도, 그런 선택의 배경에는 내 영혼을 위한 배려가 있었을 터였다. 어쩌면 아버지야말로 내게서 오래도록 거절당해 온 존재일지도 모른다는 자각에 이르면, 인생에는 내가 알지 못하는 진실이 더 숨어 있을지도 모른다는 생각에 겸손하게 두 손을 모을 수밖에 없었다.

다시 기차 안이다. 그곳이 어디쯤이었을까. 서울역을 출발한 기차가 두세 시간쯤 달렸을 때 눈길을 주고 있던 잡지 위로 갑자기 물방울이 후두둑 번지기 시작했다. 깜짝 놀라 고개를 들었을 때, 나는 그 물방울의 수원지가 내 두 눈임을 알고 깜짝 놀랐다. 아무런 예고도 전조도 없이 갑작스레 눈물이 흐르기 시작한 것이다. 주변 환경은 그대로였으나 알아채기 힘든 미묘한 변화가 내 안에서 일어났다. 알 수 없는 힘이 나를 슬쩍 치고 지나간 것 같았다. 나는 당황했다. 옆에 입석으로 서 있던 이들이 의아한 눈초리로 나를 바라보는 게 느껴졌다.

그런데도 억제할 수 없을 만큼 눈물이 거세게 흘러내렸다. 나는 잡지를 내려놓고 한 손으로 입을 틀어막은 채 어둠뿐인 창밖을 바라보며 울고 또 울었다. 왜 갑자기 이럴까. 알 수 없었다. 전 생애를 관통하는 어떤 슬픔의 힘이 내 몸을 쥐어짜면서 온몸의 수분을 모두 눈 밖으로 밀어내려는 것 같았다. 이유 없는 눈물의 기습 공격 앞에서 나는 속수무책이었다. 그러다 무심코 시계를 들여다봤다. 밤 열 시가 넘어 있었다.

나중에야 기차 안에서 내가 울음을 터뜨린 바로 그 시간에 아버지가 운명했다는 걸 알았다. 나는 전율했다. 핏줄이란 그토록 무서운 것이었다. 아버지의 영혼이 그 순간 마지막으로 나를 찾아왔던 것일까. 알 수 없는 힘이 우리를 깨워 흔들릴 때는 먼 경계에서 누군가 찾아왔다는 신호라는 말인가. 그때 아버지는 마지막으로 내게 무슨 얘기를 하고 싶었을까.

그로부터 여러 해가 지나 2008년 3월의 어느 날 오후, 나는 경복궁 근처의 찻집에 앉아 있었다. 그해 8월에는 베이징에서 올림픽이 열릴 예정이어서 세계의 이목이 중국에 집중되고 있었다. 1950년 중국에게 강제로 주권을 빼긴 뒤 지금껏 숨죽여 살아오던 티베트 인들은 이 시점이야말로 억울한 사정을 알릴 수 있는 절호의 기회라고 여겼다. 3월 10일 티베트 라싸에서 승려와 시민들이 중심이 되어 중국의 강압 통치에 항의하는 대규모 집회가 열렸다. 수많은 티베트 인들은 고유한 티베트 문화와 인권을 짓밟아 온 중국이 인류 화합의 장인 올림픽을 열 자격이 없다고 외쳤다. 중국 당국은 당황했다. 오로지 하나의 중국이라는 명제로 소수 민족을 억압해 오던 과거의 행적이 전 세계에 드러나는 것과 마찬가지였으니까. 결국 탱크를 비롯해 무장 군인들이 투입되었고, 무차별적인 무분별한 발포로 수많은 시민이 죽거나 체포돼 고문을 당했다.

뉴스에서는 연일 티베트 소식이 흘러나왔다. 티베트와 남다른 인연을 맺어 온 나로서는 가만히 듣고 있기 괴로운 뉴스들뿐이었다. 인터넷을 통해 이심전심의 마음을 지닌 사람들이 모였다. 티베트 인들의 평화로운 삶의 방식을 사랑하거나 티베트를 여행하며 인연을 맺은 사람들이었다. 전 세계에서 중국의 무자비한 진압에 항의하는데 우리 시민사회가 이에 대해 침묵한다면 무척 부끄러운 일이라는 데 의견을 같이했다. 우리는 '티베트의 친구들'이 되어 주자고 마음을 모았다. 한국에도 티베트에서 일어난 불행한 사태를 걱정하는 사람들이 있음을, 그들과 친구가 되어 유린당한 인권과 자유를 위해 발언하고 있음을 알려 주고 싶었다.

매일 희생당한 사람들의 숫자가 불어났다. 우리는 매일 저녁 광화문에서 촛불 시위와 침묵시위를 하며 학살을 중단할 것을 중국 당국에 요청하는 서명을 받았다. 관할 경찰서 외사과 형사가 전화를 걸어 오고, 중국 대사관 직원이 시위에 앞장서는 이들의 사진을 찍어 갔다. 중국 입국을 거절당해 다시 티베트에 갈 수 없게 될까 봐 걱정도 됐지만, 설사 그렇게 된다고 해도 어쩔 수 없는 일이었다. 때때로 중국인 유학생들이 지나가며 항의해 살벌한 분위기를 자아내곤 했지만, 참여하는 시민들은 시종일관 평화로운 분위기를 유지했다. 우리 사회에 티베트가 상징하는 가치에 공감하는 사람들이 많이 늘었음을 확인하는 값진 시간이기도 했다.

그날 오전, 우리는 3호선 경복궁역에서 중국 대사관 앞까지 약 300미터 거리를 행진하는 항의 집회를 가졌다. 그동안 수없이 많은 시위대가 미국 대사관 앞에서 집회를 가지고 점령하기까지 한 역사가 있지만, 중국 대사관 앞에서 벌이는 대규모 집회는 그때가 처음이지 않았을까 싶다. 시대를 이끄는 힘의 우위가 미국에서 중국으로 이동했음을 보여 주는 상징이기도 했다. 그 집회를 준비하기까지 '티베트의 친구들'은 날마다 회의를 거듭하며 바쁜 날들을 보냈다. 평화를 바라는 마음을 담아 오체투지를 하는 회원들이 앞에 서고, 티베트 국기를 든 수많은 시민들이 그 뒤를 따랐다. 내가 여행한 나라의 그 어떤 풍경보다 감동적인 장면이었다. 아마도 중국 대사관 앞에서 티베트 깃발이 이렇게 많이 휘날려 본 적은 그날이 처음일 터였다.

"사람을 죽이지 마라!"

"자유, 자유 티베트!"

우렁찬 구호가 거리에 울려 퍼졌다. 방송사와 신문사에서도 열띤 취재를 했다. 짐작이 갈 만한 이유 때문에, 비록 실제로 보도된 경우는 많지 않았지만 말이다. 중국 대사관을 코앞에 두고 경찰 병력이 켜켜이 바리케이드를 치더니 행렬을 가로막았다. 경찰 책임자는 더 이상 갈 수 없으니 여기서 돌아가라고 했다.

할 수 없이 임순례 감독님이 미리 준비해 놓은 성명서를 읽었고, 중국 대사 앞으로 보낸 항의 서한과 시민들의 서명이 담긴 명단을 대사관으로 던졌다. 봉투는 잠시 공중에 포물선을 그린 뒤 대사관 앞뜰에 떨어졌다. 그리고 시위대는 피를 흘리며 쓰러져 간 티베트 인들을 상징하는 퍼포먼스로 다 같이 티베트 국기를 감은 채 거리에 드러누웠다. 나도 누웠다. 3월의 길바닥은 서늘하다 못해 싸늘했다.

항의 집회를 마치고 찻집에서 후속 일을 의논하기 위해 몇 명이 모였다. 혹여 돌발 사태가 벌어지진 않을지, 경찰과 충돌하진 않을지 아침부터 긴장 속에 몇 시간을 보낸 뒤 그제야 한숨을 돌리는 참이었다. 그때 한 노인이 찻집에 들어와 안쪽 의자에 앉는 모습이 보였다. 얼굴이며, 기우뚱거리는 걸음새가 영락없이 아버지였다. 그럴 리가. 나는 눈을 의심하며 노인을 바라봤다. 정말이지 아버지를 많이 닮은 분이었다. 그 순간 나도 몰랐던 내 마음 한 조각을 발견하고 깜짝 놀랐다. 아버지가 그리웠던 것이다. 내게 참으로 매몰찼던 아버지였지만 그가 이미 세상에 없다는 사실이 견딜 수 없이 쓸쓸했다.

돌아가시기 몇 년 전, 아버지는 내가 당신을 원망하지 않으며 아무것도 바라는 바가 없다는 것을 아시고는 말했다.

"네가 참 잘 컸구나."

내가 성장하는 모습을 본 적이 없는 아버지가 그런 말을 하다니 어이가 없었다. 그 결론에 이르기까지 얼마만 한 단련과 정화의 시간이 필요했는지 아버지는 모를 터였다. 냉철하게 말하자면 아버지와 상관없이 내가 해결하고 넘어서야 할 문제이기도 했지만. 아버지는 그저 당신에게 바라는 바가 없다는 것 하나만을 인상 깊게 받아들이며 아주 짧은 순간이나마 대견해했다. 그리고 깊이 안도하는 마음을 굳이 감추려 하지 않았다. '바라는 바'가 뜻하는 것은 아버지와 다른 형제들에게 중요한 문제였다. 아버지처럼 부를 축적한 분이 생의 마지막에 이르면 유산이니 뭐니 하는 문제로 집안이 시끄러워질 수밖에 없었다. 아버지에게 칭찬을 듣기는 처음이었다. 참으로 아버지다운 평가라고 생각했다. 그리고 한바탕 웃고 말았다.

그날에야 비로소 나는 어떤 가치나 구속에 얽힌 바 없이 한 사람의 어른이 되었다고 생각한다. 어른의 기준을 필요한 것이 아무것도 없음을, 이미 내게 모든 것이 주어졌음을 아는가로 따진다면 말이다. 아버지는 한 푼의 유산도 주지 않은 대신 빚을 남기지도 않았다. 그 사실만으로도 나는 감사했다. 그리하여 제로 포인트에서 삶은 오롯이 내 것이 되었다. 아버지는 많은 것을 이뤘지만 수많은 이들이 그랬던 것처럼 죽음 너머로 아무것도 가져가지 못했다. 이 사실이야말로 아버지가 내게 남긴 진정한 유산이 아닐까 생각하곤 한다. 진정한 부란 죽음이 빼앗아갈 수 없는 것들을 이르는 말이다. 타인에게 베푼 친절, 관대함, 나눔, 용서, 배려……. 내가 티베트를 그처럼 좋아하고 그들의 운명에 아파했던 것도 진정한 성공과 부가 무엇인지 아는 문화를 지녔기 때문이었다.

티베트 땅에서 벌어진 살육에 항의하는 집회와 찻집에서 발견한 아버지에 대한 그리움. 이 둘 사이에는 간극이 있는 것 같지만, 그렇지 않다. 광장에 있든 밀실에 있든 우리는 늘 어떤 실체와 마주해야 한다. 중국이라는 거대한 나라를 향해 "노!"라고 외치는 그 시간에, 나의 내면에서 아버지와 맞서고 있지 않았다는 사실이 위안으로 다가왔다.

구제프의 수도원에는 다음과 같은 글이 걸려 있었다고 한다.

"아버지와 불편한 관계가 남아 있다면 돌아가라."

구제프는 서양인으로는 처음으로 동양의 종교와 신비에 관심을 가지고 동양을 순례한 20세기의 대표적인 영적 스승이다. 이런저런 현실에 상처받은 끝에 치유를 원해 수도원에 갔던 사람들은 어리둥절해했다.

진리를 구하는 것과 아버지와의 불편한 관계를 해결하는 것이 무슨 상관이란 말인가. 구제프는 상관이 있다고 봤다. 마음이 평화로울 때만이 모든 것을 다시 시작할 수 있기 때문이다. 진리를 구하든 항의 집회를 열든, 모든 것은 거기에서 시작된다. 전 인류를 사랑할 수는 있어도 자신의 부모와 평화롭게 지내는 데는 서투를 수 있는 게 사람이다. 돌아보면 나도 그랬다.

…….

지금도 가끔 아버지가 그립다. 그는 내가 사랑받고 인정받기를 갈구했던 첫 남자이자 마음껏 미워해도 좋을 자유를 준 최초의 존재였다. 때때로 아버지가 내게 모든 것을 의존해야 할 만큼 약한 존재였다면 어땠을까 상상해 보곤 한다. 세상의 많은 자식들이 이와는 반대의 상상을 한다는 걸 알고 있다. 인생에는 정답이 없다. 있는 그대로 자신을 받아들이되 바꿀 수 있는 것은 바꾸려 애쓰며 나아갈 뿐이다.

※

난 네가
약한 모습을
보일 때도

참 좋더라

가수 H가 라디오에 출연해서 이런 얘기를 한 적이 있다.

“방송에 출연할 때 팀이나 그룹으로 참석하는 가수들이 부러웠어요.”

자신은 솔로 가수라 가끔 혼자서 무대를 책임져야 한다는 사실이 부담스럽거나 외롭게 다가올 때가 있다는 얘기였다. 동료들과 함께 있으면 초조함을 누그러뜨리는 데 도움이 되련만, 솔로 가수는 혼자 그 짐을 짊어질 수밖에 없다고.

어느 날, 무대 밖에서 자신의 순서를 기다리는 동안 손에 쥔 마이크를 친구 삼아 얘기를 나누기 시작했단다.

“너 긴장하고 있니? 괜찮아. 평소 하던 대로 하면 돼. 우리

잘 해낼 수 있을 거야."

마이크에게 힘내라고 격려했지만, 사실 자신에게 들려주고픈 얘기를 한 거였다. 드디어 앞에 출연한 팀의 순서가 끝나고 그의 차례가 됐다.

마이크와 보낸 시간 덕택에 눈부시게 쏟아지는 조명 속으로 여유 있게 걸어 나갈 수 있었단다. 그런데 녹화에 들어가기 직전 뜻밖의 상황이 발생하고 말았다. 제작진이 갑자기 3번 마이크로 바꾸라고 한 것이다.

"그때 참 난감했어요. 이 마이크랑 얘기 다 해 놨는데, 3번 마이크한테 다시 얘기해야 하나 싶어서……."

그의 너스레에 라디오 스튜디오에는 한바탕 웃음이 터졌다. 나도 웃었다. 평소 남자다워 보이는 모습의 이면에 저렇듯 여리고 귀여운 면이 있었나 싶었다. 카메라 앞에 수없이 서 봤을 방송인이나 민간인이나 세상 사는 모습은 비슷하다는 것을 확인하는 공감의 웃음이기도 했다.

나도 그런 적이 있었다. 유난히 힘이 빠지고 외로운 날 스스로에게 말을 건 적이 있었다. 그때 나는 몹시 가파른 언덕길을 오르고 있었다. 마치 불완전하고 장애물투성이인 인생을 상징이라도 하듯 언덕길은 높고 바람은 거셌다. 제 풀에 무릎이 꺾일 것 같은 순간, 나는 한 손을 옆으로 뻗어 보이지 않는 손을 거머쥐었다. 그리고 내 옆에 힘 빠진 친구와 나란히 걷기라도 하듯이 말을 걸었다.

"힘들지? 이 길이 원래 좀 오르기 힘들어. 기운 내. 조금만 더 가면 돼. 오늘 어째 시들시들하네? 무슨 일 있어? 그래, 별일 없어도 그런 날이 있지. 허허벌판에 홀로 서 있는 것 같고, 심장이 유난히 쿵쾅거리고 머리에 열도 나는 것 같은 날이. 하지만 알잖아. 그런 순간도 곧 지나간다는 거. 그러니 힘내. 난 네가 약한 모습을 보일 때도 참 좋더라. 생생하게 살아 있는 것 같잖아."

이런 대화를 나누며 계속 보이지 않는 친구의 손을 꼭 쥐었다. 그러는 사이에 언덕길의 가장 힘든 부분까지 올라와 있었다. 그리고 분명히 느낄 수 있었다. 눅눅했던 마음의 방에 잘 마른 공기가 불어오는 것 같은 상쾌함을. 가라앉아 있던 마음이 조금씩 기운을 차리는 기척까지도. 어쩔 수 없어 같이 지내는 불편한 동거인이 아니라 나 자신과 진정으로 친구가 된 듯한 기분이 들었다. 언덕 끝에 도착했을 때는 언덕 밑에서 허우적대던 나 자신과는 사뭇 다른 사람이 되어 있었다. 어느 쪽이든 내 모습인 것은 분명하지만, 언덕 이쪽의 내가 진정한

나 자신에 더 가깝다는 확신이 들었다. 이대로 오래 혼자여도 괜찮을 것 같았다.

누구나 몸과 마음이 잦아들며 불안정해지는 때가 있다. 어떤 이는 욕실에서 거울을 들여다보며, 어떤 이는 혼자 운전하며 자신과 대화를 나눈다. 그러면서 세상을 견딜 영혼의 힘을 충전한다. 문밖만 나서면 세상엔 기를 꺾게 만드는 일들이 사방에 널려 있다. 혼자 힘으로 감당하기엔 버거운 일들이 경사진 길에 쏟아진 드럼통처럼 무리 지어 굴러 오기도 한다.

혼자 나직하게 읊조리는 일, 그것은 가장 낮은 목소리의 소통이자 스스로에게 보내는 응원이다. 혼잣말을 하다 보면 평소에 꾹꾹 눌러 둔 무의식이 올라오기도 한다. 읊조림을 통해 숨어 있던 내 모습을 발견하는 재미도 쏠쏠하다. 한 가지 분명한 사실은 가장 낮은 목소리로 자신과 나누는 이 소통 덕분에 때로 감당하기 힘들 만큼 어려운 문제를 안겨 주는 세상과 맞설 용기를 낸다는 것이다. 바닥을 치고 다시 올라오는 순간, 세상 그 누구의 조언보다 가장 결정적인 영향력을 미치는 것도 바로 자신과 나누는 대화이다.

젊거나 나이 들거나, 건강하거나 병들거나 모든 이들이 한결같이 듣고 싶어 하는 말이 있다.

"내가 당신을 어루만져 줄게요."

"당신을 이해해요."

사람들이 원하는 것이 이렇듯 단순하고 또 단순하다는 사실에 나는 가끔 놀라곤 한다. 사람들 마음이 그럴진대 나 자신이라고 다를까. 때로는 옆으로 손을 내밀어 또 다른 나의 손을 잡고 속삭일 일이다.

'내가 널 어루만져 줄게.'

'네 곁엔 내가 있어.'

나는 지금도 그날 언덕길을 오르는 동안 손에 핫팩을 붙인 것처럼 점점 따끈해지던 온기를 잊지 못한다.

✳

사소하지만 눈부셨던

순간들에 대하여

춤추고 싶었던 순간을 기억한다.

가령, 인도에서 사흘 밤낮을 기차를 타고 가다 지평선에서 붉게 달궈진 동전 같은 해가 떠오르는 것을 봤을 때가 그랬다.

새벽에 가까운 이른 아침 인사동 거리. 늘 어스름 녘이나 밤 풍경만 익숙하던 인사동은 전혀 다른 모습을 하고 있었다. 인적 끊긴 거리, 적요, 느림…… 내 몸을 채우고 있는 세속의 찌꺼기들이 모두 걸러지고, 투명한 피톨이 힘차게 돌던 그 아침. 나도 모르게 스텝을 밟고 있었다. 날짜도 기억한다. 12월 23일이었다.

서울 지하철 2호선 당산역에서 한강변을 향해 걷던 날. 보도블록에 튀어 오르는 햇살이 바짓가랑이에 튀었다. 사랑하되 집착하지 않고, 끝끝내 어느 곳에도 당도하지 못한다 해도 괜찮을 평화가, 그곳에 있었다. 온몸이 심장이 되어 들썩이던, 4월 28일 한낮.

쫄깃한 반죽에 팥을 듬뿍 넣어 굽는 붕어빵 좌판을 발견했을 때,

내가 전화를 거는 순간, 상대도 내 번호를 눌러서 서로 통화 중이라는 메시지를 들을 때, 그래서 한동안 통화를 못할 때,

좋아하는 화가의 전시회를 본 뒤 미술관 밖으로 첫걸음을 뗄 때,

파지 줍는 동네 할머니의 리어카에 새 옷 넣은 쇼핑백을 가만히 얹어 두고 올 때,

한 남자가 자신을 트럭 운전사라고 밝히며 어떻게 하면 티베트 아이들을 도울 수 있느냐고 물어올 때,

그 통화를 하는 전화기 너머로 씽씽 지나가는 자동차 소리에 마음이 먹먹해질 때,

자주 들었을 거라 생각하면서도 칭찬하지 않을 수 없어 상대의 장점을 말해 주자 "그렇게 말해 준 건 네가 처음이야"라고 얘기할 때,

그래서 어떤 이의 아름다움을 세상에서 가장 먼저 알아본 행운에 감사할 때,

춤

추

고

싶

었

다

춤추고 싶었던 순간마다,

나는 죽음 너머에서 후회 없는 한생을 맛보았다.

※

굳이
여행을 떠나야만

알 수 있는 건
아니다

옛날 페르시아에 한 왕자가 살았다. 진리의 성배를 찾아 어딘가로 떠나고 싶어 몸살을 앓는 왕자에게 어느 날 부왕의 엄명이 떨어졌다. 왕궁 정원에 오색 깃털의 신기한 새가 사는데, 이 새가 지저귀는 소리를 잘 듣고 그 뜻을 알아내라는 것이었다. 그걸 알아차리면 실컷 여행을 떠나도 좋다는 조건이 붙었다. 왕자는 날마다 정원에 나가 새의 지저귐을 들었다. 첫날은 그저 새소리에 불과했다. 왕자가 더더욱 귀를 쫑긋 세워 열중하는 동안 사흘이 지나고, 일주일, 한 달이 지나갔다. 드디어 어느 여름 아침, 새가 다음과 같이 말하는 소리를 들었다.

"가라, 가라, 저 너머로 가라."

왕자는 신이 나서 부왕에게 달려가 새의 말을 전했고, 부왕은 잠깐 생각에 잠기는 눈치더니 여행을 허락했다. 왕자는 페르시아를 떠나 여러 제국의 아름다운 문명지와 이국의 친구들을 접했다. 모닥불에 솥을 걸어 음식을 해 먹고, 민가를 만나지 못하면 들판에 임시 천막을 치고 잠들었으며, 말이 병들었을 때는 함께 사막을 오래 걷기도 했다. 길 위에서 그는 인생의 모든 순간이란 흘러가게 마련이며, 오직 더운 가슴으로 사랑한 순간만이 의미를 지님을 깨달았다. 때로는 정든 마을을 떠나는 게 가슴 아파 몰래 눈물을 흘리기도 했다.

3년이 지나 왕자가 왕궁으로 돌아왔을 때, 부왕은 정원에 나가 다시 한 번 새소리를 들어 보라고 했다. 왕자의 양쪽 귀 달팽이관은 오랜 여행으로 더 섬세하게 열려 있었다. 그는 비로소 3년 전에 듣지 못한 새소리의 나머지 부분을 알아들었다.

"가라, 가라, 저 너머로 가라. 돌아와서 본 장미는 그때의 그 장미이리니……."

그제야 왕자는 새소리를 듣기 위해 서 있던 자리에 피어 있는 장미를 보았다. 그것은 있는 그대로의 붉고 순결한 한 송이 장미였다. 길 위에서 수많은 장미를 보았지만, 그 장미와 왕궁 정원의 장미는 다르지 않았다.

페르시아 왕궁의 신비한 새는 아니지만, 내게도 그런 새가 한 마리 있다. 주인공은 바로 소쩍새. 관악산, 북한산 같은 큼직한 산줄기를 따라다니며 집을 얻어 산 덕택에, 봄밤이면 소쩍, 소쩍 우는 소리를 늘 배경음 삼아 들을 수 있었다. 해마다 소쩍새가 돌아와 귀를 간질이는 밤이면 나도 모르게 가슴이 뜨거워졌다. 눈도, 코도, 혀끝도, 손끝도 아닌 귀가 기억하고 반응하는 추억이란 얼마나 아득한지.

20대 초반의 어느 여름밤에도 나는 소쩍새 소리를 듣고 있었다. 자려고 누웠는데 도무지 잠은 오지 않고, 정확한 간격으로 소쩍새 소리가 귀로 고여 들었다. 그해 여름, 나는 여름처럼 젊었으며, 무엇인가 되고 싶어서, 온몸이 으스러지도록 자신의 한계를 넘고 싶어서 잠을 이루지 못했다. 그 밤에 소쩍새 소리가 있었다. 소쩍새 소리가 강물처럼 방 창문을 흘러 넘어와 나를 흔들었다. 그때 나는 페르시아 설화 속 왕자처럼 소쩍새 소리를 "가라, 가라, 저 너머로 가라"로 들었을까.

정신을 차려 보니 어느 순간, 가방 하나를 등에 지고 국도 위에 서 있었다. 당장 어딘가로 떠나야 될 만큼 내 정신은 갈

급했던가 보다. 가로등 불빛을 받아 나무들이 눈부시게 빛났고, 우물물에 가라앉는 돌멩이처럼 소쩍새 소리가 고요히 흘러내렸다. 밤 깊은 국도에는 자동차 하나 지나가지 않았다. 마을은 순한 짐승처럼 잠들어 있었다. 밤이 품어 안은 세계는 둥글었다. 그곳에서 날카로운 열정으로 서 있는 것은 단 한 사람, 나 하나밖에 없었다.

차가 오지 않아서였을까. 소쩍새 소리가 침묵보다 더 적막해서였을까. 먼 들판 끝으로 새벽빛이 피어오를 때, 나는 조금 울었다. 모든 것이 불투명한 젊음이 힘겨웠기에, 우리를 변화시킬 수 있는 진리는 그 지방 국도 너머 어딘가에 있으리라 믿었기에 외로웠는지도 모른다. 그 밤으로부터 수년 뒤 나는 배낭을 짊어지고 히말라야의 여러 나라들을 다녔다. 평생 잊을 수 없는 풍경과 친구들도 많이 만났다. 그리고 다시 돌아온 지금, 다시 소쩍새 소리를 듣는다. 페르시아 설화에 따르면 이제는 20대 초반에 듣던 소쩍새 소리의 뒷부분을 알아들을 차례다.

인간은 누구나 자신만의 심장에서 울리는 소리를 따라 길을 떠난다. 그러나 진정 성숙한 여행자는 돌아와서 자기 발밑의 장미 한 송이를 더욱더 사랑할 수 있는 사람이다. 그보다 멋진 사람은 굳이 떠나지 않고도 일상의 소중함을 놓치지 않을 수 있는 내면의 여행자이다. 혹여 장미가 아니라 패랭이꽃이나 작은 들풀인들 어떤가. 가장 중요한 것은 자기 발밑을 정직하게 들여다보는 일이다. 나의 봄밤은 소쩍새가 있어 아름답고, 소쩍새 소리는 이 평범한 진리를 잊지 않도록 밤마다 울어 주는 훌륭한 길벗이어서 정겹다.

※

삶이란

이토록
심플한 것

내 마음의 박동을 빠르게 이끄는 말들을 가만히 입에 머금어 본다.

섬, 안개, 책, 여권, 석양, 당신, 나무의 생장점, 필멸, 아이, 눈빛, 모자…….

모자? 아무렴, 모자도 들어간다.

몇 년 전 여름 나는 모자를 하나 샀더랬다.

그해 여름, 나는 여름휴가는 고사하고 어느 곳에 닿아야 더 찬란하게 바닥에 닿을지 가늠조차 못하는 마음의 우기를 겪고 있었다. 일은 진전이 더디거나 소식이 늦었고, 격렬하게 아꼈던 것들은 마음이 달려갔던 딱 그 속도만큼 나를 치받고 사라졌다. 세상은 온통 휴가, 여행, 산과 바다 같은 단어들로 들떠 있었다. 당혹스런 대비였다. 또 한 번의 여름이 그렇게 저무나 싶었다.

그러던 어느 날 지하철역 상가를 지나다 문득 나도 모르게 진열대의 모자에 눈길이 닿았다. 베이지색 천에 갈색 테두리를 두른 챙 넓은 모자. 분명 산이나 바다에서 써야 어울릴 여행용 모자였다. 여름이 거의 다 기울어 갈 즈음이라 인기 있는 색은 다 팔리고, 딱 한 색상만 남아 있었다. 나는 값을 물은 뒤 지체 없이 지갑을 열어 셈을 치르고 모자를 품에 안았다. 마치 신생아실에서 아이를 안듯 귀하게 그해 여름을 받아들였다.

모자를 사서 집으로 금방 들어가기는 서운해서 버스 정류장을 지나쳐 내처 걸었다. 쏟아지는 햇살에 온몸을 투과시키면서도 모자를 안은 채 하염없이 걸었다. 그러다 어느 순간 모자는 머리에 쓰는 것이라는 평범한 사실을 떠올린 것은 쇼윈도에 비친 내 모습을 보고서였다. 모자의 용도도 잊을 만큼 나는 충만해져 있었다. 때로 삶이란 이처럼 간단한 것이었다.

새 모자를 조심스레 머리에 써 봤다. 모자는 정수리에 쏟아지던 따가운 8월 하순의 볕을 가뿐하게 튕겨 냈다. 아직도 또

렷하게 기억난다. 밝고 맑은 것들의 반대편에 있는 어둡고 무거운 것들이 치즈처럼 부드럽게 녹아 차양 아래로 떨어져 내리던 그 상쾌함이. 모자와 함께 집에 들어서자 먼 여행에서 돌아온 듯 기분 좋게 감겨들던 피로감과 만족감도.

그 모자는 옷장 안에 가만히 들어앉아 있다가 가끔 근교 산에 오를 때 제 역할을 했다. 그리고 올봄, 드디어 모자는 모자에 어울리는 활약을 펼쳤다. 가지 말아야 될 이유를 모두 괄호친 뒤, 배낭을 싸서 여행을 떠난 것이다. 제주도의 올레길 또는 한적한 섬에서 바람에 날아갈까 봐 꼭 붙잡고 있었던 것은 비단 모자의 끈만은 아니었다. 설렘을 잃을 때 내 삶에 가장 빛나는 한 순간도 잃고 마는 것이란 평범한 진실도 포함돼 있었다. 때론 아주 작은 물건 하나, 늘 보던 사물에서 낯선 표정만 잘 포착해도 행복이 뒤따른다. 그해 여름 나를 위로해주었던 그 모자처럼. 나는 아직도 모자를 보면 설렌다.

다행한 일들

노래할 수 있는 한, 괜찮다

어느 아메리카 원주민 치유사는
병든 사람에게 이렇게 묻는다고 한다.
"마지막으로 노래를 불렀던 때가 언제였죠?"
만약 병원 의사라면 질문이 달랐을 터였다.
"소화는 잘 되나요?"
"체중은 어때요?"

아메리카 원주민 치유사는 알고 있었다.
노래를 부르는 한, 몸과 마음에 별 탈이 없으며
설사 아프더라도 머지않아 회복할 수 있다는 것을.

한밤에 시골 국도를 두 시간 반 정도 걸은 적이 있었다.
하필이면 휴대폰 전원이 다 닳아서 택시를 부르지도 못했다.
가끔씩 자동차가 한 대씩 쉬— 내달릴 뿐,
지나는 사람도 없는 시골길.
도시에선 흔하디흔한 가로등 하나 없고,
구름 사이로 언뜻언뜻 보이는 별빛은 희미하기만 했다.

사방도 캄캄하고, 마음도 캄캄한 채 걷다가,
어느 순간 노래가 나왔다.
아직 노래할 수 있구나.
훨씬 덜 무섭고, 훨씬 마음이 놓였다.
어둠에 잠긴 논에선 개구리가 힘차게 울었고,
막차를 놓치고 걷는 사람의 목소리는 그보다는 작았다.
어둠 속에서 홀로 가진 두 시간 반의 꽉 찬 콘서트.
더할 나위 없었다.

4장

어쩌면 내가 가장 듣고 싶었던 말

✳

반지하 아니면
옥탑방에 살던

시절에 대하여

한 젊은이가 도시에 들어선다. 대학 졸업을 앞둔 젊은이는 도시에 연고가 없다. 돈도 없다. 그러나 뭔가 하고 싶다는 의욕과 할 수 있을 거라는 희망으로 불안을 잠재우려 애쓴다. 기원전과 후를 가르는 순간을 기념하듯 처음 이사 오던 날, 봄 기운을 머금은 비가 내렸다.

비슷한 지방 출신인 데다 비슷하게 가난한 친구와 보증금과 월세를 합쳐 방을 얻기로 한다. 두 젊은이는 창조적인 삶에 부록처럼 따라 붙는 세 가지, 즉 젊음과 가난, 고독을 빠짐없이 갖추고 있다. 스스로 이런 위로라도 하지 않는다면 세상에 첫걸음을 내민 젊은이들은 청춘을 무사히 넘길 힘을 얻기 위해 몰래 양귀비라도 심어야 했을 것이다.

이 도시에서는 가난한 이들이 가는 동네가 정해져 있다. 두 사람은 봉천동을 택한다. 집세와 물가가 싼 데다 어쨌거나 한강의 이남, 즉 강남이라고 턱없이 우기고 싶었는지도 모른다.

봉천동은 다니던 길을 살짝만 벗어나도 제 사는 곳을 잃어버리는 동네이다. 미로 같은 골목들 사이로 낡고 누추한 집들이 빈틈없이 들어차 있고, 어느 집에선가 비명과 울음소리가 터져 나와도 아무도 놀라지 않는다. 오후에는 아이들이 강물처럼 흘러서 골목에 와르르 쏟아지고, 아주 살짝 스쳤을 뿐인데도 젊음의 기운에 밀려 팽이처럼 핑그르르 돌며 주저앉는 할머니가 있다. 달동네인 듯하나 조금만 걸어 나오면 대로변의 휘황한 간판과 불빛에 눈이 부신 곳. 살기에 버금가는 의욕과 시끌벅적함, 생기가 있으나 한편으론 힘의 자장에서 밀려난 지역 특유의 무기력함이 감도는 곳. 생생히 살아 있고 또 생생히 죽어 있던 그 동네, 봉천동.

부엌에서 방으로 이어지는 문을 들어가자면 허리를 반으로 접어야 했던 그 집에서 젊은이는 레이먼드 카버를 읽고, 대하소설 『토지』를 마저 읽는다. 이 도시의 거주민임을 증명하는 주민등록등본을 떼서 찬찬히 들여다보는 날도 있다. 쌀은 조금씩 사다 먹고, 작은 냉장고는 문이 한 칸뿐이라 반찬은 그때그때 만들어 먹는다. 그리고 처음으로 자신의 이름으로 방에 전화를 놓는다. 벨소리가 두 번쯤 울리고 끊기는 전화나 아무 말 없이 끊는 전화를 받는 날 밤이면 잠을 이루지 못한다.

두 젊은이는 아직 도시에서 일을 구하지 못했다. 식욕은 왕성해서 끼니마다 늘 밥을 두 공기씩 비웠다. 어느 날 젊은이의 친구가 밥을 한 공기만 먹고 말없이 물을 마셨다. 불문율이 깨지는 순간이었다. 아무 일도 없었다. 다만 밥상 앞에서 한 사람이 먼저 부끄러워졌을 뿐이었다. 그리고 그 순간 삶은 돌연 납덩이만한 무게를 얹어 어깨를 짓누르기 시작한다. 도시는 너무 쉽게 죄의식을 생산해 냈고, 비빌 곳 없는 지방 출신들은 너무 쉽게 그 생산물을 소비했다. 그 자리에서 우린 아직 젊다고 말해 봐야 아무런 위안도 되지 않는다.

젊은이는 뭔가를 쓰고 싶어 한다. 쓴다. 그리고 또 쓰지 못한다. 쓰기에 성공한 날은 밥상 앞에서 덜 주눅 들었고, 쓰지 못한 날은 열패감에 시달린다. 일기에 다른 나라 예컨대 티베트 같은 곳에 가고 싶다고 쓴다. 그 말에 담긴 주술이 실현되려면 아직 몇 년의 시간이 더 흘러야 한다. 밥공기에 담기는 밥의 양이 조금씩 줄어든다. 아르바이트를 하고, 밥벌이 글을 써서 굶주림으로부터 잠깐씩 집행유예를 얻는다.

봉천동을 떠나 다음 번 이사 간 곳은 신림동의 반지하 방이다. 정확히 말하면 난곡이다. 언젠가 젊은이가 살았던 동네 이름을 들은 작가 한 분이 말했다.

"네가 살았던 동네는 어쩜 하나같이 그러니……."

그러게나 말이다. 난곡 반지하 방은 혼자 쓴다. 함께 방세를 나눠 내던 친구는 다른 동네로 이사해 옥탑방을 얻었다. 지하, 반지하, 옥탑……. 사회 초년생들에게 허락된 공간은 아주 아래거나 아예 위였다. 습기와 물난리, 추위나 더위에 무방비 상태, 둘 중 하나를 선택할 수밖에 없다. 그들은 어서어서 돈을 벌어 2층이나 3층에 살아 보는 것이 소원이었다. 반면 서울에 집이 있는 친구들은 집세와 생활비를 아끼는 만큼 지방 출신들보다 훨씬 빨리 기반을 잡아 간다. 처음에는 차이가 미미하지만, 해가 갈수록 그 격차는 커진다.

이 도시에는 한눈에 사람의 경제력을 판단하는 데 도가 튼 직업군이 있다. 자동차 딜러, 백화점 매장 점원, 치과 코디네이터, 보험설계사, 부동산 중개인 같은 사람들이 여기에 속한다. 굳이 나눌 것도 없다. 뭔가를 팔아야 하는 사람들, 총칭해서 서비스 업종이라 부르는 직업군의 사람들은 모두 이 감각이 탁월하게 발달되어 있다. 특히 부동산 사무실에서 일하는 사람들은 손님이 문턱을 넘어서는 모습만 봐도 어떤 조건의 집을 권해야 하는지 알아차린다.

사람들이 가장 서러움을 느끼는 순간 가운데 하나가 바로 제 한 몸 누울 자리 마련하러 돌아다닐 때다. 이사를 할 때마다 집값은 물가를 웃돌아 올라 있다. 게다가 부동산에서는 늘 이편에서 말한 조건보다 한 단계 높은 곳을 보여 준다. 그게 업계 노하우이기도 하다. 조금이라도 나은 조건의 집을 보고 나면 자신의 예산에 맞는 집은 단번에 추레한 오막살이로 추락하고 만다. 좀처럼 그 집을 잊을 수 없다. 손바닥만 한 거실 공간이 있느냐 없느냐, 역세권이냐 아니냐, 평지냐 경사진 곳이냐에 따라 부르는 돈이 달라진다. 하루 종일 집을 보고 온 날은 발바닥과 장딴지가 돌처럼 딱딱해진다. 그 순간 세상에서 가장 부러운 이들은 제 집을 가진 사람들이다. 젊은이의 어깨는 늘어지고 시야 닿는 곳마다 빽빽이 들어찬 집들을 보며 이 도시의 수많은 세입자들이 그랬듯 의아해한다.

'저렇게 집이 많은데 내가 들어갈 집이 없다니…….'

자발적 빈곤은 한없이 아름다운 말이지만 해가 갈수록 '자발적'이 맞는지 자신이 없어진다. 부동산 광풍에 휩싸일 여력도 의지도 없지만 이 도시가 추구하는 욕망의 속도를 따라가지 못하면 '자발적'이라는 청렴한 수식어는 곧바로 무능으로 대치된다. 떠밀리고 떠밀린 이 도시 슬하의 주민들과 마찬가지로 젊은이의 눈에도 시대의 우울이 담긴다.

헨리 데이빗 소로우는 한 인간이 평생을 걸쳐 자세하게 탐구할 수 있는 공간이란 20킬로미터 이내라고 했다. 그래야 그 공간을 샅샅이 안다고 말할 수 있다는 것이다. 그러나 이 도시에서는 그럴 수 없다. 좀 더 집값이 싸고, 아직 오를 여력이 많은 동네를 찾아 동서남북 종횡무진으로 옮겨 다녀야 한다.

어느 번뇌 많은 여인이 지혜로운 이에게 물었다.

"맞벌이를 10년이나 했는데도 아직 집을 마련하지 못했습니다. 내 집을 마련하고 안정된 동년배들을 보면 자괴감도 들고 시기심도 듭니다."

지혜로운 이가 답했다.

"청빈과 극빈의 차이가 무엇인지 압니까? 스스로 그 길을 택해 검소하게 살면 청빈입니다. 극빈은 내 욕망은 그렇지 않은데 할 수 없어서 그렇게 사는 것입니다. 돈에 대한 조급함에 사로잡히면 반드시 실수를 하게 됩니다. 당장 다음 끼니를 걱정할 만큼 가난하거나 큰 병에 걸렸거나 문맹이 아니라면, 그 이상은 더 잘 먹고, 더 건강하고, 더 많이 가지고 싶은 욕심 때문에 괴로운 것입니다. 남과 비교해 얻는 고통은 죽을 때까지 끝나지 않습니다. 약이 없습니다. 이것은 자신을 사랑하지 않고 소중하게 여기지 않는 악한 생각입니다."

'더, 더, 더'를 추구할수록 무엇인가 '더'해지기는커녕 오히려 자신을 갉아먹는 욕망, 집 한 칸이 불러일으키는 10만 8000가지 번뇌의 무게는 얼마나 무거운지. 이럴 때 자신이 가진 것에 감사하려면 얼마만 한 마음의 힘이 있어야 할까.

인간에게 집이란 무엇이었던가. 인간이 집을 부드러운 기운으로 소유하고 가꿨던 시대에는 집 한 채 장만하는 일이 이처럼 살벌한 전쟁이 되진 않았다. 집의 노예로 사는 시대란 얼마나 비극적인가. 젊은이는 이제 2, 3층에만 살아도 소원이 없겠다던 옛 시절의 꿈을 부러워한다. 그런데도 집이 없는 사람에게 적대적인 이 도시를 왜 떠나지 못할까. 놓쳐 버린 옛사람과 마주치고 싶어서, 라고 말할 수 있으면 얼마나 좋으랴. 아무리 그럴싸한 이유를 붙여도 생존의 두려움과 탐욕, 문화생활과 활기라는 이름으로 치장한 욕망의 그물에서 크게 벗어나지 않는다. 이것이 젊은이의 원죄요, 정직한 초상이다.

어느 날 젊은이는 일찍 결혼해 부산에 살고 있는 친구의 얘기를 들었다. 첫째 아이가 한창 말을 배우기 시작할 무렵, 친가에 데리고 가면 어른들이 물었단다.

"너희 집이 어디고?"

그러면 아이는 조막만 한 손으로 방바닥을 탕탕 두들기며 답했다.

"여기 아이가, 여기."

외가에 데려가면 또 외할아버지, 외할머니가 물었다.

"너희 집이 어디고?"

아이는 또 방바닥을 치며 답했다.

"여기 아이가, 여기."

가는 곳마다 자신의 집처럼 여기는 그 마음이 어찌나 예쁘던지 아이는 양가에서 사랑을 듬뿍 받았다고 한다. 그야말로 수처작주 입처개진隨處作主 立處皆眞, 가는 곳마다 주인의 마음으로 살고 발 딛고 서 있는 모든 곳을 참 진리로 삼는 경지다. 돌아보니 그랬다. 어렸을 때는 어딜 가나 내가 있는 곳이 곧 나의 집이었다. 그런데 이제는 진짜 내 집이 필요한, 그 집 한 칸에 인생의 모든 것을 걸어야 하는 어른이 된 것이다. 간혹 옛 시절 어린아이의 마음을 떠올리면 가슴을 뭔가 날카로운 것이 긋고 지나가듯 찌르르해진다. 세상이 거대한 흡입판으로 빨아들인 사람들의 순정을 기억할 때마다 젊은이는 이 도시의 무지막지한 식욕 앞에 왜소해진다. 그리고 이미 순정을 잃었으면서도 원하는 것을 갖지 못한 사람들에 대한 연민으로 마음이 매워진다.

※

혼자 밥 먹기,

외롭지만
거룩한 시간

때를 놓쳐 혼자 밥을 먹어야 할 때가 있다. 그때가 오후 세 시나 밤 아홉 시라면 누구를 불러내기에도 어중간하다. 새벽 녘 골목에 홀로 서 있는 것처럼 마음이 어스름해지는 순간이다. 약속이 아니라면 나는 식당 밥을 즐기지 않는 편이다. 한 끼니를 급하게 때우던 시절이 지나가자 조미료로 범벅이 된 식당 밥보다 서투르고 투박해도 내 손으로 직접 만들어 먹는 것이 속 편해졌다. '내 입맛'이란 것이 생긴 까닭이다.

그렇다고 해도 어쩔 수 없이 혼자서 어느 식당이든 들어가야 할 때가 있다. 특히 식사 시간을 놓치면 맥박이 빨라지고 현기증이 몰려오는 저혈당 증세를 가진 나로선 밥 먹는 일이

응급처치처럼 다급해질 경우가 있다. 그럴 땐 도리가 없다. 후들거리는 손으로 가장 가까운 식당 문을 밀치며 들어설 수밖에.

밥 때가 지나간 식당에선 손님 대신 식당 사람들이 뒤늦은 식사를 하고 있기 십상이다. 모처럼 자리에 엉덩이를 붙이고 앉은 이들이 나 때문에 다시 몸을 일으킨다. 미안해진다. 어쩌랴. 가장 빨리 되는 메뉴를 묻고, 구석 자리에 앉아 음식을 기다리는 동안 그들의 고단한 식탁을 조용히 응시한다. 대부분은 메뉴판에 없는 음식들이다. 열무김치에 상추쌈이거나, 두부를 큼직하게 썰어 넣은 고추장찌개를 가운데 놓고 마른 생선을 구워 차린 밥상. 따로 주문할 것 없이 그 자리에 숟가락 하나만 더 얹어서 같이 먹으면 좋으련만.

아이러니하게도 '가정식 백반'은 식당 사람들이 먹고, 손님은 영업용 반찬과 메뉴에 가정식이란 이름을 붙인 '무늬만 가정식'을 먹는다. 명실상부하기가 이처럼 어렵다. 혼자서 식당을 기웃거릴 때마다 어른들 말씀이 떠오른다.

"야야, 끼니는 꼭 챙겨 먹어라. 다 세끼 밥 먹자고 하는 짓거리들이여."

세끼 밥 먹자고 하는 짓거리. 들을 때마다 고개가 끄덕여지는 진실이다. 단순해서 확고하고, 확고해서 때때로 적막한 진실. 고슬고슬한 밥 한 그릇이 우리를 세상으로 내몰고, 거리에서 조바심치게 한다. 밥 한 그릇의 식욕이야말로 우리가 품는 모든 욕망, 그리고 그 욕망이 불러일으키는 허다한 죄의 씨앗이다.

주문하고 식사가 나오길 기다리는 시간은 늘 외롭고 계면쩍다. 밥을 단순히 끼니 잇기 차원이 아니라 친교와 정을 나누는 의식으로 생각하는 우리나라에선 혼자서 밥 먹을 때 감내해야 하는 시선이 만만찮다. 젊은 여자 혼자라면 더더욱. 해서 여행지에선 호기롭게 혼자 먹는 걸 즐기던 나도 이곳에선 종종 위축된다. 대리운전처럼 전화 한 통화면 가장 가까운 곳에 있는 식사 대기자와 연결되어 함께 밥 먹는 서비스가 생기면 어떨까. 상상 끝에 소스라치게 놀란다. 밥상의 상상마저 산업화로 연결시키다니. 이젠 어쩔 수 없이 세상과 한 몸이 됐구나 싶다.

어려서부터 밥상머리에서 집안의 대소사를 의논하고, 지나가던 이도 불러들여 숟가락 하나 더 얹어 함께 먹던 농경문화는 내 안에도 내면화되어 있다. 나도 같은 처지면서 혼자 밥 먹는 남자나 나이 든 이들을 보면 저편의 사정과는 상관없이 괜히 마음이 짠해진다. 늦은 오후 포장마차에서 한 손을 주머니에 찌른 채 튀김이나 어묵을 먹는 남자를 봐도 그렇다. 외근을 나와 일과 시간에 잠깐 자유를 만끽하는 것일 수도 있는데, 나는 그들의 주름 자국 선명한 구두에서 고단한 삶의 한 단면을 보고 혼자 거룩해진다. 노점에서 밥 먹는 사람들을 볼 때면 내 목구멍에도 모래로 지은 밥이 까끌거리는 것 같다. 다 세끼 편히 먹자고 이토록 절절한 것인데, 거리에서 어설프게 해결하는 허기는 지레 불완전하고, 지레 고독하다.

얼마의 시간이 흘러 마침내 내 앞에 한 끼니의 밥상이 차려진다. 흰 쌀밥에 찌개는 뜨겁고, 빈속은 어떤 음식이든 환호하며 받아들일 준비가 돼 있다. 이 순간이면 항상 이성복의 '서시序詩'가 떠오른다.

간이식당에서 저녁을 사 먹었습니다

늦고 헐한 저녁이 옵니다

낯선 바람이 부는 거리는 미끄럽습니다

사랑하는 사람이여, 당신이 맞은편 골목에서

문득 나를 알아볼 때까지

나는 정처 없습니다

당신이 문득 나를 알아볼 때까지

나는 정처 없습니다

사방에서 새소리 번쩍이며 흘러내리고

어두워 가며 몸 뒤트는 풀밭

당신을 부르는 내 목소리

키 큰 미루나무 사이로 잎잎이 춤춥니다

간이식당에서 혼자 밥 먹는 이들에겐 치명적일 만큼 아름답고 쓸쓸한 울림으로 다가오는 언어들. 당신이 나를 알아볼 때까지 늦고 헐한 시간을 또 얼마나 지나야 할까. 미끄러운 거리에서 끼니를 거슬러 헤매는 날이 언제쯤 끝날까.

식욕을 돋우는 데는 별 도움이 안 될지언정, 시와 함께하는 식사 시간은 때때로 우주적인 비의와 비장함을 띠고 외로운 한 때를 완성시켜 준다. 새벽에 너무 어두워 밥솥을 열어 봤더니 하얀 별들이 밥이 되어 으스러져라 껴안고 있더라고 노래한 시인도 기억난다(김승희). 밥이 하얀 별이 되기까지 우리가 치러야 할 치욕은 또 얼마나 아득한가. 끼니는 넘어서도 넘어서도 끝내 완성되지 않는 영원한 허기일진대.

여행이 그리워도 떠나지 못할 때는 낯선 동네로 가는 버스를 탄다. 그리고 그 동네를 한 바퀴 둘러본 뒤 허름한 기사 식당이나 분식집에서 밥을 한 끼 사 먹고 돌아온다. 일상의 틈바구니에서 짧은 여행은 밥과 함께 완성되고, 나는 그 동네를 아주 잘 알게 된 것 같은 포만감에 젖어 돌아온다.

때로는 일이 잘 안 풀려 괴로운 마음으로 혼자 식당 한 구석을 파고들 때도 있다. 그럴 때 누군가 해 주는 밥을 먹는다는 건 수혈이 필요한 영혼을 보살피는 일이기도 하다. 밥벌이에서 비롯된 상처를 황홀한 밥 내음으로 삭이는 시간. 핏발 선 눈망울에 오기와 체념이 번갈아 깃드는 시간. 홀로 밥을 먹으며 우리는 더 강해지고 더 독해졌다가, 끝내는 쓸쓸해지는 것인지도 모른다. 밥벌이를 하며 살아오는 동안 얼마나 많은 식당의 의자 위에서 밥 한 공기 분량의 다짐과 좌절을 되풀이했을까.

타임머신이 있다면 지난날로 돌아가 식당에 혼자 있는 나를 한 번쯤 안아 주고 싶다.

아이야, 좀 더 견디렴. 견뎌서 어서 내게로 오렴. 나는 너를 기다리고 있단다. 우리에겐 아직도 홀로 견뎌야 하는 가정식 백반의 시간이 많이 남아 있지만, 그 세월에도 불구하고 훼손되지 않는 뭔가를 간직한다면 너는 그 자체로 빛날 거야. 그 뭔가는 너를 너답게 하는 위엄, 또는 밥주발 뚜껑에 붙은 밥알을 누군가의 피눈물로 보는 지혜일 수도, 또 다른 곳에서 홀로 밥상과 마주하고 있을 이들을 잊지 않는 연대의 마음일 수도 있겠지. 어서 그 밥을 먹고 씩씩하게 걸어서 내게로 오렴. 나는 너를 기다리고 있다.

내 앞에 차려진 밥 한 공기의 뜨거운 성전을 마주하며, 나는 또 미래의 나에게로 뚜벅뚜벅 걸어갈 것이다. 앞날, 어느 식당에선가 피할 수 없는 한 끼니를 앞두고 있을 그때라고 삶의 신산함이 없을까. 한 순갈 한 순갈의 계단을 디디며 앞날의 너에게로 간다. 너는 나를 기다리고 있어라. 부디.

※

밤이

좀 더
어두웠으면
좋겠어요

나는 밤이 더 어두웠으면 좋겠어요. 밤이 너무 밝아요. 낮을 두 번 사는 것 같아요. 충분히 어둡지 않아서, 밤이 밤 같지 않아서 방향 감각을 잃고 죽어 가는 철새들 얘기를 꺼낸다면 너무 낭만적이라고 할지 모르겠어요. 불빛 때문에 밤과 낮을 구분하지 못해 생장점에 이상이 생기는 나무들 얘기도 그렇고요. 철새와 곤충, 나무들에게 안 좋은 일이 사람에게 좋을 리 있겠어요. 충분한 어둠 속에서 쉬지 못하기에 면역 체계에 이상이 생기고, 병이 생긴다고 하네요.

크리스토퍼 듀드니가 쓴 『밤으로의 여행』에 쥐를 세 집단으로 나눠 실험한 얘기가 나와요. 쥐들을 24시간 불을 켜 둔 집단, 낮에만 불을 켜고 밤에는 깜깜한 곳에 둔 집단, 낮에는 불을 켜 두고 밤에는 아주 적은 양의 불빛만 새어 들어오게 한 집단으로 나눠 살게 했대요. 결과가 어땠을까요. 밤 동안 극소량의 빛에 노출된 쥐들과 밤새 환히 켜진 불에 노출된 쥐들의 몸 안에서 똑같은 수준으로 종양이 자랐다고 해요. 요약하자면 어스름한 빛마저 몸에 잘못된 신호를 줄 수 있다는 거예요.

늦도록 일하는 사무실의 불빛, 빈 건물을 밝히는 환한 간판들, 가게의 불빛들, 네온사인, 가로등 불빛, 가로수마다 휘감은 작은 알전구들. 밤의 불빛 아래에서 가슴 저리도록 약동하는 삶의 고동을 느낀 적이 없다면 거짓말이겠죠. 밤의 불꽃들은 화려해요. 눈이 아릴 정도로 아름다워요. 그래서 가슴이 뛰어요. 바로 그게 문제예요. 밤은 낮 동안 고동친 심장과 마음이 쉬어야 할 시간인데 말이죠. 너무 오래 가슴이 뛰니 그게 문제예요.

1789년 프랑스 혁명 때, 인류 역사상 최초로 도시의 조명에 반대한 저항 운동이 있었어요. 파리의 탁발승들은 조직적으로 가로등을 깨고 다녔어요. 그들은 가로등이 루이 15세가 억압적인 체제를 유지하기 위해 설치한 감시 장치라고 생각했어요. 도시의 조명과 권력의 독점 사이에 관련이 있을 거라고 본 거죠. 알을 많이 낳게 하려고 밤새 불을 켜 놓는 양계장 같은 세상이 오리란 걸 그들은 알았던 것 같아요.

그렇다고 가로등을 깨뜨리자는 얘기는 아니에요. 좀 더 깔끔하고 세련된 방식으로 국제다크스카이협회IDA라는 걸 만들어 활동하는 사람들 얘기를 해 볼까요. 이들은 밤하늘을 지키는 그린피스라고 할 수 있어요. 도시의 조명을 끄거나 가능한 한 어둡게 만들어 빛 공해를 줄이자고 설득하는 일을 하고 있죠. 이들의 노력으로 '검은 하늘 보호구역'을 설정하는 도시들이 하나둘 늘어가고 있대요. 투산이란 도시에서는 밤하늘 보호 법령을 만들었어요. 그래서 가로등마다 갓을 씌우고, 상업 간판과 불빛을 제한하자 밤에 은하수를 볼 수 있게 됐다는군요.

밤하늘에는 맨눈으로 볼 수 있는 별이 약 3500개 있대요. 그런데 도시에서는 잘해야 50개 정도밖에 못 봐요. 50개도 가능할는지 자신이 없군요. 꼭 은하수나 별을 보고 싶어서 이런 말을 하는 건 아니에요. 어둠이 좀 더 어둠다워서 밤에 좀 푹 잤으면 좋겠어서요. 전 유난히 잠에 약해서 푹 자지 못한 날이면 괜히 비관적이 되곤 해요. 인류 평화가 여기서부터 깨지기 시작하는 거예요. 밤이 좀 심심해져서 사람들이 푹 잠들면 세상이 좀 더 평화로워질 것 같아요. 미국 알래스카 연안에서 엄청난 원유를 유출시킨 선박 사고도, 체르노빌 방사능 유출 사고도 담당자들이 수면 장애를 겪어서 일어난 사고라잖아요.

자는 동안에는 낮 동안 우리를 따라다녔던 온갖 불행도, 희비극 드라마도 함께 잠들죠. 고라니도 들새도 코끼리 보아뱀도, 은행나무 황금편백 장미넝쿨도 모두모두 푹 잤으면 좋겠어요. 깜깜해서, 너무 깜깜해서 절망도, 이루지 못한 욕망으로 수다스러운 마음도 지워지는 잘 빚은 밤이 돌아왔으면 좋겠어요.

오, 밤이여

이 세상에 가져오소서

매혹적인 고요와 당신의 신비함을

당신이 동반하는 그림자는 너무도 아름다워요

그건 감미로운 콘서트

희망을 노래하는 당신의 목소리

당신의 힘 너무도 커서 모든 걸 꿈으로 바꾸죠

오, 밤이여

이 세상에 그대로 있어 주소서

그 매혹적인 고요와 당신의 신비함 그대로

당신이 동반하는 그림자 너무도 아름다워

당신이 주는 꿈보다 더한 진실이 있을까요

희망보다 더한 감미로움이여

_라모의 '오, 밤이여', 영화 '코러스' 중에서

✻

한없이
느리게

걷고 싶은
그곳

몇 해 전 세계적인 여행 정보 사이트인 론리 플래닛이 세계 최악의 도시 아홉 곳을 꼽은 적이 있었다. 불명예스럽게도 서울이 3위를 기록했다는 소식이다. 선정 이유를 보자.

형편없이 반복적으로 뻗은 도로들과 소련식의 콘크리트 아파트 건물들이 있는 이 도시는 심각한 환경오염 속에 마음도 없고 영혼도 없다. 숨 막힐 정도로 특징이 없는 이곳이 사람들을 알코올 중독자로 몰아가고 있다.

아아, 이곳이 내가 살고 있는 도시의 실체라니. 묘사만 보면 디스토피아가 따로 없다. 우리가 늘 비판하며 안타까워하던 바를 정확하게 지적한 것이라 뭐라 할 말이 없다. 이쯤 되면 금연을 어떻게 해야 할지 담배를 피우며 의논해 보자는 흡연자들처럼, 술 단지라도 당기면서 서로 위로하고 위로받고 싶을 정도다. 과연 그런가. 서울이 그렇게 비인간적이며 마음도 영혼도 상실할 만큼 끔찍한 도시인가.

과연 그렇다. 형편없이 반복적으로 뻗은 도로는 차들로 꽉 차 있고, 소련식인지는 모르겠으나 모든 주거 형태를 아파트로 통일하려는 집념 어린 노력은 지금도 계속되고 있다. 내가 사는 동네만 해도 뉴타운에서 제외된 서러움을 '재개발추진위원회'를 결성하는 것으로 맞섰다. 위원회는 시에 지속적인 압박을 넣어 마침내 사업 승인을 얻었고, 대기업 건설사가 시공을 맡기로 결정됐다. 위원회는 감격에 겨워 골목 어귀마다 건설사 선정을 축하하는 플래카드를 내걸었다. 이제 이 동네의 모든 집들이 다 헐리고 사람들이 뿔뿔이 흩어질 날이 얼마 남지 않았으며, 아파트라는 유일선이 또 승리했음을 알리는 승전의 깃발인 셈이다. 비단 서울만의 문제는 아니지만, 사람들이 알코올에 의존하는 경향도 다분하다. 변명의 여지가 없다.

지옥이 견딜 만한 것은 익숙해지기 때문이라고 한다. 처음에는 뭐가 뭔지 모르는 사이에 억지로 익숙해져야 했고, 나중에는 분노와 좌절의 단계를 지나 무감각해진 이곳. 지옥은 너무나 자극적이기에 한 가지 문제에 오래 집중할 수 없다. 지루할 틈도 없다. 그러나 서울 시민이라고 낭만과 여유, 느림을 모르겠는가. 아니 명색이 세계적으로 인정받은 디스토피아의 시민이기에 이런 욕구가 더 클 것이다.

서울에는 다른 거대 도시와 다르게 큰 산이 몇 개 있다. 도시를 관통하는 제법 큰 강도 있다. 온갖 영욕을 감당한 채 살아남은 500년 된 궁궐도 있다. 지옥치고는 여건이 나쁘지 않은 편이다. 누구에게나 마음의 장소가 있듯이 내게도 특별한 공간이 있다. 어린 시절 보물 상자를 몰래 보여 주는 것으로 우정을 증명하듯 이 장소를 공동 열람하는 것은 특별한 의미를 지닌다.

수유리. 이 동네의 이름을 발음하는 것만으로도 애틋한 그리움이 가득 들어찬다. 수유동으로 행정구역 명칭이 바뀐 지 꽤 됐지만, 수유리는 여전히 수유리여야 그 이미지와 맞다. 수유리 아카데미 하우스 바로 아랫동네에 4년쯤 살았는데, 서울에서 이제껏 살아 본 동네 가운데 가장 만족도가 높은 곳이었다. 물론 도심으로 출퇴근하지 않는 상황에서 그렇다는 것이니 지극히 주관적인 판단이다.

처음 이 동네에 집을 얻으러 돌아다니던 무렵이 생각난다. 가을날의 북한산은 온통 불을 지른 것처럼 단풍이 한창이었다. 이리저리 동네를 한 바퀴 돌아보는데, 한 집 건너 한 집씩 돗자리에 도토리를 말리고 있었다. 그 모습이 어찌나 귀여운지 그만 이 동네에 정이 옴팡 들고 말았다. 지리산 계곡에서 도토리를 주워 봐서 알지만 수렵의 원초적인 재미와 보람은 경험해 보지 않으면 모른다. 그 동네 주민들이 도토리를 줍기 위해 수백 번도 더 허리를 굽히고, 낙엽 밑을 더듬었을 광경을 상상하니 얼마나 정겨워지던지.

방향을 몇 번 틀어 멋스러운 가지를 뻗은 소나무가 골목길에 있는 것도 마음에 들었다. 다른 동네였다면 통행에 방해가 된다고 덜컥 베어 버렸을 터였다. 오래된 나무와 공존하는 법을 알다니, 존경의 마음까지 일었다. 구식 양옥집에 딸린 작은 정원과 텃밭들, 안티푸라민을 코밑에 바른 것처럼 알싸하게 후각을 자극하던 나뭇잎 냄새, 산 밑의 서늘한 기운…… 이런 모든 것들에 반해서 아카데미 하우스 바로 밑에 셋집을 얻었더랬다. 그곳은 은퇴해서 노년을 보내기에 좋은 곳이지 젊은 사람들이 선호할 만한 동네는 아니었다. 그래도 나와는 기운이 잘 맞았고, 그동안 나온 책들을 모두 이 동네에서 썼다.

수유리는 죽은 자들의 동네였다. 4·19 묘지가 그랬고, 송시열, 김창숙, 이준, 신익희, 조병옥 선생의 묘까지 역사책에서나 보던 분들이 긴 휴식을 취하고 있는 곳이었다. 매표소까지 이어지는 큰길은 주말에는 등산객으로 붐볐지만, 안쪽 동네는 일주일 내내 우물 안처럼 고요했다. 연중 가장 주목받고 활기에 넘치는 때라고 해 봐야 4월의 단 하루였다. 길가에 늘어선 벚꽃 나무들이 흐드러지게 꽃등을 켜는 4월 19일이면 정치인들을 태운 차량이 길게 들어서고, 젊은이들이 4·19 기념 마라톤 대회를 가졌다.

단 한 차례 가을에 수유리가 온 나라와 언론의 관심을 끈 적이 있었다. 바로 2003년 9월 독일에서 망명 생활을 하다 37년 만에 입국한 송두율 교수가 아카데미 하우스에 여장을 풀었을 때였다. 이 역사적인 장면을 직접 보고 싶어 아카데미 하우스에 가려다, 늘어 서 있는 방송국과 언론사 차량에 질려 텔레비전으로만 지켜봤다. 송두율 교수는 곧 '거물 간첩'이란 혐의를 받고 프레스센터와 검찰청을 드나들어야 했다. 그가 아카데미 하우스에서 쉴 수 있는 시간은 짧고도 짧았고, 우리 시대 이데올로기의 그늘은 깊고도 어두웠다.

나는 산 아래 마을에 난 골목골목을 다 좋아했지만, 특히 이준 열사 묘소에 산책 가기를 즐겨했다. 집에 놀러 오는 사람이 있으면 꼭 데려갔고, 대부분의 날들은 홀로 그 길을 걸었다. 아카데미 하우스 못 미쳐 샛길로 들어서면 계곡을 가로지르는 작은 다리가 나왔다. 이 다리 근처에 커다란 벚나무가 있는데, 봄이면 어찌나 꽃이 환한지 밤에도 주위가 밝았다. 다리를 건너 짧은 언덕바지를 오르면 왼편에 작은 길이 나타난다. 이준 열사 묘역으로 가는 길이다. 양쪽에 나무들이 우거져 있는 길이 100미터쯤 이어지는데, 이준 열사의 고향 후손들인 이북 5도민들이 정성들여 가꾼 덕분에 항상 정갈하게 정리되어 있었다. 사계절마다 그 길의 풍경은 다채롭게 편성을 달리했다. 봄에는 새로 돋는 잎들의 푸릇한 기운에 마음이 근질거렸고, 여름에는 기온을 몇 도쯤 내려 주는 그늘을 늘어뜨려 주었으며, 가을에는 천연 양탄자를 깐 듯 푹신한 낙엽이 후덕하게 깔렸다. 그 길을 걷는 동안에도 사라지지 않는 분노나 슬픔이 있다면, 그날은 오랜 시간의 기도가 필요한 날이리라.

마음을 비운 채 약간 경사가 진 산책로를 따라 올라가면 이준 열사가 모셔진 묘역에 이르렀다. 둥근 봉분이 있는 일반적인 묘지는 아니었다. 기념 조형물이 세워져 있고, 그 앞에 놓인 단 위에 가끔 누군가 꽃다발을 두고 가곤 했다. 주변에는 시원하게 뻗은 나무들과 잔디밭 위에 내리쬐는 햇볕이 다정하고 넉넉했다. 자리에 앉기 전에는 100년 전, 헤이그에서 망국의 한을 품은 채 서럽고 비통하게 가신 분께 늘 감사의 인사를 드렸다. 그것이 내가 그분의 장소를 누리는 최소한의 예의라고 생각하며. 그곳에서 사람을 만난 기억은 손에 꼽을 정도다. 그만큼 이 도시의 권력 장에서 밀려난 한적한 곳이었다. 그러나, 그렇기에 그곳을 사랑해마지 않았다. 왜 그처럼 외진 동네에서 사는지 좀처럼 이해하지 못하는 사람들도 그 길을 함께 걷고 나면 "좋아할 만하네" 하고 인정해 주곤 했다. 그것은 내가 사랑하는 장소에 대한 공감과 승인이었고, 그런 말을 들을 때면 모처럼 칭찬을 들은 어린아이처럼 자부심에 차서 눈매가 가늘어지곤 했다.

꽃이 한창인 봄날이나 단풍이 절정인 가을에 아카데미 하우스 전망대라고 할 수 있는 '구름의 집'에 가서 큰맘 먹고 커피를 한 잔 마시는 호사를 누려 보는 것도 그 동네 사는 재미 가운데 하나였다. 구름의 집 커다란 유리창 너머로 수채화처럼 펼쳐진 풍경은 너무나 아름다워서 이 동네에 대한 애정을 더욱 단단하게 해 줬다. 그러나 대부분의 날은 이준 열사 묘역으로 들어서기 전, 길가에 놓인 자판기에서 커피 한 잔을 빼먹는 것으로 산책을 마무리 짓곤 했다. 누가 그곳까지 와서 자판기를 이용할까 싶었지만, 아카데미 하우스 턱 밑에 있는 마을버스 종점의 운전기사 아저씨들과 등산객들, 나처럼 정기적으로 그 길을 산책하는 주민들에게 그 자판기는 허름하지만 소박한 휴게소 역할을 톡톡히 해 주었다.

여름에 해가 설핏 기울기 한두 시간 전이면 매표소를 지나 대동문 입구까지 운동 삼아 짧은 등산을 다녀올 때도 있었다. 지인들이 가족과 아이들을 데리고 오면, 함께 숲속에 마련된 배드민턴 연습장에 갔다. 우리 삶에 행복한 순간을 기록하는 카메라가 있다면, 통닭과 삶은 계란과 맥주를 싸 들고 천천히 숲길을 오르던 그 순간도 분명 기록됐으리라. 아이들은 나무 그늘 아래에서 땀이 차도록 뛰어 놀다가 허기지면 어른들 곁으로 와서 음식을 받아먹었다. 공중의 셔틀콕을 향한 헛손질에 자주 웃음을 터뜨렸고, 서로의 빈틈을 향해 우리의 마음은 바싹 무릎걸음으로 당겨졌다. 순간순간 삶의 경쾌한 아름다움에 취해 감히 행복했던 시간이었다.

밤이면 갓길에 데이트 족들이 세워 둔 차들이 들어찼다. 이런 차량 주변에는 은밀하고 찰진 공기가 맴돌게 마련이었다. 사랑을 나누기에 충분할 만큼의 어둠과 운치를 찾아 그곳까지 온 사람들. 차 안에만 머물다 가기엔 너무 아름다운 곳이지만 어쨌거나 더 급한 일이 있는 사람들이었다.

때로는 원했으나 이룰 수 없었던 열망에 대한 좌절감으로, 때로는 그저 그 장소에 있다는 자체로 만족해서 어떤 생각도 들어차지 않는 잔잔한 평화를 누렸던 길. 인생의 어느 시기에는 장소가 주는 힘으로 곡절 많은 한 시절을 건너기도 한다. 수유리와 내가 그랬다. 그 동네에 사는 동안 책도 썼지만, 삶이 때때로 드러내는 사나운 발톱에 할퀴어 쓰라린 시간이 닥치기도 했다. 무엇보다 내가 생떼처럼 젊어서 생긴 일들이었다. 만약 수유리가 아니었다면 그 상처들은 망각과 치유의 축복을 누리지 못한 채 오랜 불면의 밤으로 이어졌을 것이다. 그 동네에 사는 동안 여러 나라를 다녀왔다. 세상의 끝에 이른 것처럼 먼 곳에 있더라도 수유리를 생각하면 마음이 안온해졌다. 자신이 사는 동네를 그처럼 여길 수 있다는 것은 분명 큰 축복이었다.

그 조용하고 평화롭던 동네가 들썩이기 시작한 것은 2006년 부동산 폭등 사태를 겪으면서였다. 동네 주민들은 이곳이 매번 개발 제한 구역으로 묶여 재개발과 재건축 후보지에서 밀려나는 것에 인내심을 잃어 가고 있었고, 경전철이 들어온다는 호재와 맞물려 갑자기 집값과 전셋값이 오르기 시작했다. 그동안 억눌렸던 만큼 상승폭은 가팔랐다. 내 안에서 소중한 무엇인가가 무너진 것도 그 즈음이었을 것이다. 결국 수유리를 떠나기로 결정했는데, 내놓은 지 한나절 만에 집이 나갔다. 부동산에서 방금 집을 보고 간 사람이 계약하기로 했다는 전화를 받자마자, 지체 없이 눈물이 괴었다. 수행자들이 특정 장소에 애착을 갖지 않기 위해 오래 머무르지 않으려는 이유를 알 것 같았다. 애착을 갖는다는 것, 그것이야말로 모든 고통의 원천이었다.

의인이 열 명만 있어도 멸망을 면하게 해 주리라던 소돔과 고모라처럼, 이 도시에도 가 볼만한 곳이 열 곳만 있어도 살아갈 만하지 않을까 싶다. 누군가에는 그곳이 성북동 성곽길이나 덕수궁 돌담길일 수 있겠고, 또 누군가에게는 삼청동 거리나 한강변 또는 집 앞의 작은 공원일 수도 있겠다. 한 가지 분명한 것은 서울의 숨통을 틔워 줄 만한 공간이 점점 사라져 가고 있다는 것이다.

지금 서울이 이렇듯 문화적 영감이 부족한 공간이 된 것을 어떻게 정책 입안자들의 책임으로만 돌릴 수 있을까. 지금 우리가 행복하지 못하다면 과거 우리의 상상력이 별로 뛰어나지 못했기 때문이리라. 개인의 상상력이 모여 집단의 상상력이 되고, 그 추동력으로 사회가 생물처럼 움직이는 것이라고 보면 서울이 최악의 도시가 된 것도 우리의 상상력이 뒤떨어졌기 때문은 아닐는지. 그러니까 문제는 상상력이란 얘기다. 공간을 상상하는 능력, 행복을 상상하는 능력.

어쩔 수 없이 또 수유리 생각이 난다. 억지로 헤어진 누군가를 떠올리듯 마음의 유리창에 가만히 이마를 대 본다. 너무 사랑한 것들은 때로 피를 요구한다. 피 흘리듯 서늘한 그 무엇을.

※

살아 보니
행복은

하루 벌어
하루 사는 것

예전에는 어쩌다 행복의 깃털을 하나 주우면 의기양양했다.
너와 내가 분리되지 않고 모든 이들이 사랑스러워
다시는 누굴 미워할 일이 없을 것 같았다.
숨 쉬고, 먹고, 만나고, 일하고, 졸리면 자고……
기적 아닌 것이 없었다.
솟아오르는 행복감을 가누지 못해 무작정 걷기를 몇 시간.
그럴 때 생은 한없이 가볍고 맑고 밝았다.
그 조화로운 기쁨이 언제까지나 머물러 줄 줄 알았다.

살아 보니 행복은 하루 벌어 하루 사는 것이었다.

행복에 관한 한, 우리는 일용직 신세였다. 비정규직이었다.
내일 몫까지 미리 쌓아 두기 힘든 것, 그게 행복이었다.

냉정하고 불공평한 세상 탓만은 아니었다.
스스로 행복의 기준이 늘 바뀌기에
오래 행복을 붙잡아 둘 수 없었던 것.
취직만 되면 바랄 게 없다고 생각하다 직장에 들어가선
저 사람만 없으면, 이 일만 아니면 좋겠다고 생각한다.
내 집 한 칸을 소원하다가 막상 생기면 더 큰 평수를 원한다.
비가 오면 햇빛을 그리워하고,
내 사람이 되길 간절히 바라던 사람과 이어지면
잡은 물고기엔 밥을 주지 않는 법이라 한다.
누가 하루하루 바뀌는 그 기준을 다 맞춰 줄 수 있을까.
기도를 듣는 신도 머리가 아프리라.
현인들은 말한다.
"세상이 이만큼이라도 유지되는 건
사람들이 원하는 대로 이뤄지지 않기 때문"이라고.
행복의 정규직이 되지 못한 건
누가 방해해서가 아니라 스스로 원한 결과였다.

행복에 대해 겸허해지기로 했다.

드릴 기도라곤 오직 "감사합니다"뿐임을 깨닫자

더 자주 행복해졌다.

어쩌다 하루 행복을 공치는 날이 있어도

오래 불행하지 않았다.

다음 날 벌어 다시 따뜻해지면 되니까.

※

내일도
고단한 출근길에 오를

당신에게

"만약 우리에게 시간이 얼마 남지 않았다면, 뭘 제일 하고 싶어?"

"매일이 최후인 것처럼 살아라, 라는 말은 엉터리야! 새삼스레 뭘 하겠어? 늘 하던 대로 아침엔 출근하고 저녁엔 당신에게 돌아가야지."

_ 영화 '사랑 후에 남겨진 것들' 중에서

이 도시에서 아침마다 출근하는 사람들에게 깊은 경외심을 품는다. 지하철과 버스, 자전거, 자가용, 어떤 수단을 쓰건 아침마다 사람들은 영화를 찍는다. 낡고 진부하며, 고만고만

한 감동과 소름이 돋는 지옥의 필름을.

신림동에서 안국동까지 출퇴근한 적이 있었다. 집에서 지하철역까지 버스를 타고 나가 2호선을 탔다. 어느 호선이나 비슷하겠지만 특히 출근 시간 2호선은 처절함, 그 자체다. 이미 터지기 일보 직전의 상태로 도착하는 전철. 아무리 복잡해도 저걸 타야 늦지 않는다. 안간힘을 다해 억지로 틈을 만들어 끼어든다. 콩나물시루 속 한 가닥 콩나물 신세가 된 내게 위안을 주는 건 이어폰을 타고 흘러드는 음악 몇 곡. 한 치의 여백 없이 서로 엉겨 붙어 침묵의 시간을 달리는 동안 떠오르는 어느 시인의 시.

만원 지하철에서 갑자기 코피가 흐른다면

두 손으로 자신의 피를 받을 수 있을까, 없을까.

다행히 코피가 터진 적은 없었다. 또 하나 다행인 건, 2호선으론 일곱 정거장만 가면 된다는 것. 3호선으로 갈아타기 위해 2호선 교대역에서 내린다. 아무리 급해도 뛰거나 앞질러 갈 수 없다. 검은 축구공처럼 떠오른 머리들을 바라보며 사람 물결을 타고 3호선 승강장에 이른다. 강북 방향 3호선은 그나마 사정이 낫다. 숨 쉴 만하다. 책을 꺼내 읽을 여유도 생긴다. 한강을 건널 때면 이처럼 넓은 강을 낀 도시에 살고 있다는 사실에 매번 새삼스레 놀라고 감동했다. 전철은 한참 동안 강을 횡단한다. 물결 위에 무심하게 퍼지던 아침 햇살. 안국역에 내려서는 회사까지 빠른 걸음으로 10분쯤 걸어야 한다. 내 출근 카드에는 늘 아슬아슬한 시각이 찍히곤 했다.

2호선을 반대 방향으로 타 보기도 했다. 그쪽도 사정은 마찬가지였다. 영등포역에 이를 때면 눈을 질끈 감았다. 사람이, 너무, 많아서. 사람들은 입을 다문 채 사물의 표정을 하고 있었다. 외국 친구들이 "한국인들은 왜 그리 화난 표정으로 다니냐"고 물어올 때 내 대답. "너도 한 번 살아 봐." 살아 보면 그게 가장 무난한 표정임을 알게 된다. 내릴 때가 아닌 데도 성급하게 비집고 나오거나 확 밀치면서 사과 한마디 없이 가 버리는 사람을 볼 때면 순간 살의에 버금가는 화가 치솟는다. 도시의 출퇴근길은 너무 쉽게 사람을 미워하게 만든다. 영등포역만 지나면 승객이 훅, 줄었다. 을지로 3가역에 내려 3호선을 갈아타고 안국역까지, 그리고 다시 도보. 걸리는 시간은 비슷했다.

신림역에서 버스를 타고 상도터널을 넘어 종로 쪽으로 나가는 버스를 탄 적도 있었다. 어떤 길을 택해도 출근 시간을 한 시간 이내로 단축할 수 없었다. 늦은 야근에서 돌아오면 다음 날 출근하기가 너무 고역스러웠다. 철야를 마친 날 아침엔 지하철 안에서 잠들어 버려 2호선 구간을 빙빙 돌기도 했다.

이건 좀 곤란해.

나는 아예 회사 가까운 동네로 이사를 하기로 마음먹었다. 이런 말을 하면 믿을지 모르겠지만, 회사 옆에 붙어 살 생각을 할 정도로 나는 그 직장에 꽤나 정을 붙이고 있었다. 주변에 "월급 받으며 공부하러 다니는 기분"이라고 떠들 정도로. 함께 일하는 사람들과도 마음이 잘 맞았다.

"이사를 해야겠어요."

회사에 알렸다. 집을 구해야 했다. 여섯 시가 되기 무섭게 퇴근해서 근처 동네를 헤집고 다녔다. 점심시간을 이용해 부동산에 들르기도 했다. 손에 쥔 돈이 적었으므로 맞춤한 집을 찾기가 쉽지 않았다. 그런데, 몰랐다. 집을 보러 다니는 동안 상사의 마음이 상했을 줄은. 줄곧 야근과 철야를 치렀건만 그 10여 일의 칼퇴근이 서운했던 모양이었다. 연인과 조직의 공통점. 잠깐의 마음 공백도 못 견딘다는 것. 철저히 사로잡혀 있기를 바란다는 것. 아닌 게 아니라 그 무렵 나는 이사에 온통 정신이 팔려 있었다. 그래도 내 진심을 몰라주는 것 같아 나는 또 그게 서운했다. 이사를 전후로 서로 미묘하게 마음이 비껴가는 징후들의 출현. 소통의 난맥. 흔한 일이었다.

드디어 30분 이내로 출근할 수 있는 동네에 집을 구했다.

그러나 그로부터 얼마 지나지 않아 회사를 그만뒀다.

출근 시간을 30분 단축하려다 퇴직을 앞당겼다는, 조금은 우스꽝스럽고 슬픈 이야기.

그때의 상사와 지금도 연락하고 지낸다는, 조금은 재밌는 이야기.

아침 녘 만원 지하철을 떠올릴 때마다,
인도 갠지스 강가에서 초를 띄우며 기도하듯
마음을 모은다.
그대, 이번 생에 이토록 수고했으니
다음 생에는 아예 출퇴근을 알리는
햇빛이나 달빛으로 태어나기를,
하루에 두 번쯤 크게 웃을 일 생기기를.

※

단순하고
가볍게,

너무
애쓰지 말고!

기운 빠지고 만사가 심드렁해지고
누군가가 몹시 미워지는 날이 있다.
마음이 싸늘하게 식고, 모든 걸 끝장내고 싶을 만큼
화가 나는 날이.
이런 날은 내 삶에 두 가지가 부족하다는 신호다.
느림과 텅 빔.
인생에서 일어나는 모든 소동은
이 두 에너지가 방전됐을 때 생긴다.

공원이나 숲길, 가능한 조용한 곳을 홀로 걷는다.

도심이라면 세 정거장쯤 미리 내린다.
오른발, 왼발의 움직임을 느끼며 천천히 걷는다.
느림을 충전하는 거다.
속도를 내어 달린다고 한들
마음을 쉬지 않는 한 어디에도 이를 수 없다.

걸으면서 자신에게 들려준다.
"나는 아무것도 아니다. 나는 아무것도 아니다."
텅 빔의 충전이다. 무無의 수혈이다.
'나'라는 확고부동한 실체가 있다고 생각하기에
화가 나는 것이다.
사실, 나는 아무것도 아니다.
그래서 모든 것일 수 있다.
화를 치솟게 만든 그이의 얼굴을 떠올려 본다.
내 얼굴이다.
그이가 한 일은 언젠가 내가 다른 이에게 했던 행동이다.
다만 그때는 그 행위가 이토록 아픈 것인 줄 몰랐을 뿐이다.
그렇게 조화를 찾는다. 균형을 맞춘다.

계속해서 내 안의 높은 자아의 속삭임에 귀 기울인다.
"인생은 그렇게 고민할 가치가 없다. 그냥 살면 된다.
아무렇게나 산다는 뜻이 아니라 가볍게 그냥 산다는 뜻이다.
인생은 아주 단순하다.
굶주리지 않을 정도의 먹을거리,
햇빛과 추위를 가릴 의복,
몸을 가릴 지붕만 있으면 된다.
그 이외의 것을 채우느라
오늘 그처럼 마음을 다쳤다.
마음을 쉬어라.
자연은 빈 곳을 찾아
자연스럽게 채워 준다.
네 안에 이미 모든 것이 있다.
완전하다. 그리고 아름답다."

느림과 텅 빔.
이 두 가지로도 마음이 쉬어지지 않을 때
마지막으로 시도해 보는 방법 하나.
정성스럽게 요리한 음식을 먹고, 푹 자기.

내가 정말 살아 있다고 느낄 때

You Only Live Once

이런 나라가 있다면 어떨까?

'살아 있다'는 실감이 드는 순간에만 나이를 먹는 나라.

그 나라에서 지금 내 나이는 몇 살이나 됐을까?

아마 지금 내 나이보단 어리겠지.

그런 순간을 제때 포착해 느끼기란 쉽지 않으니까.

습관적으로 일어나서 씻고, 집을 나서고, 일하고, 공부하고……

그 사이사이 주목받지 못했던 짜투리 순간들이 짠하게 다가온다.

그런 시간들만 어딘가에 따로 모여서 살아가는 상상을 해 본다.

급한 일을 마저 해치우기 위해 서둘러 식사를 하던 시간,

너를 기다리며 주변의 공기에 예민하게 촉수를 세우던 시간,
잠들지 못해 뒤척이던 시간,
풀벌레 소리에 가을을 느끼며
사랑 다음에 오는 적막을 생각하던 시간…….
그런 시간들이 모인 나라가 있다면
그곳에선 제대로 대우받고 행복하길 빌어 본다.

이 계절이 지나면 그런 순간들이 또 얼마나 많이 쌓일까.
기억도 못 하는 자잘한 순간들이 모여 지난날이 되는 것.
소동과 자극이 주연 자리를 꿰차는 동안
기꺼이 잊히고 말았던 조연의 시간들 속에
내 인생의 비밀이 차곡차곡 빻아져 흩어져 간다.

어쩌면 내가 가장 듣고 싶었던 말

초판 1쇄 발행 2017년 2월 3일
리커버 1쇄 발행 2020년 4월 27일
6쇄 발행 2024년 12월 30일

지은이 정희재

발행인 이봉주 **단행본사업본부장** 신동해
편집장 김경림 **디자인** [★]규 **마케팅** 최혜진
홍보 반여진 허지호 송임선
국제업무 김은정 김지민 **제작** 정석훈

브랜드 갤리온
주소 경기도 파주시 회동길 20
문의전화 031-956-7213(편집) 031-956-7567(마케팅)
홈페이지 www.wjbooks.co.kr
인스타그램 www.instagram.com/woongjin_readers
페이스북 www.facebook.com/woongjinreaders
블로그 blog.naver.com/wj_booking

발행처 ㈜웅진씽크빅
출판신고 1980년 3월 29일 제406-2007-000046호

ISBN 978-89-01-24205-7 03810

- 갤리온은 ㈜웅진씽크빅 단행본사업본부의 브랜드입니다.
- 이 책은 2010년에 출간된 『도시에서 살며 사랑하며 배우며』의 개정판입니다.